나무들의 숲

_____ 님께

_____ 드림

박유진 산문·시집

나무들의 숲

2008년 11월 30일 초판 발행
2021년 01월 30일 재판 발행

지은이 박유진ㅣ펴낸이 이찬규ㅣ펴낸곳 북코리아
등록번호 제03-01240호ㅣ전화 02-704-7840ㅣ팩스 02-704-7848
이메일 sunhaksa@korea.comㅣ홈페이지 www.북코리아.kr
주소 [13209] 경기도 성남시 중원구 사기막골로 45번길 14
      우림 2차 A동 1007호
ISBN 978-89-6324-745-8 03810
값 10,000원

나무들의 숲

박유진 산문·시집

북코리아

서문: 숲을 그리며

모든 사람의 생애는 하나의 세계이며 모든 하루는 하나의 작은 인생이다. 인생여정에서 해답의 절반쯤은 마음 밖에 있고 나머지 절반쯤은 마음 안에 있다고 느낀다. 일상의 생각과 느낌들을 정리하여 첫 산문·시집으로 엮었다.

나는 설악산 자락에서 태어나 동해 바닷가에서 자랐고 사관학교와 더불어 살아왔다. 그리하여 내 삶의 많은 부분은 숲과 바다와 사관학교에 그 맥락이 이어져 있다.

사람들이 나름대로 세상을 표현하며 살아가듯이 문학의 양식은 나에게 세상을 그려내는, 은밀한 즐거움이 기다리는 유혹의 숲길과 같은 것이다.

새로운 사물을 찾아내는 것뿐만 아니라 새로운 눈으로 사물을 바라보는 것도 하나의 발견인 것처럼 하루하루 삶을 새롭게 느끼며 이해해 가는 인생이면 참 좋겠다.

한 그루씩 늘어나면서 더욱 푸르고 무성해지는 나무들의 숲을 꿈꾸어 본다.

2008년 가을
청운관의 연구실에서
박유진 朴宥鎭

차례

차례

차례

빛나는 성곽
The Bright Rampart

1.

한 영국군 장교는 명령을 받아 아프리카의 부대로 떠나게 되었다. 아내도 낭만적인 기분으로 따라 나섰으나 사막생활에 적응하지 못하였다. 사막 한가운데 있는 부대의 관사는 허술하고 무더위를 피할 수 없었으며 집 주위에는 전갈이며 뱀들이 돌아다녔다.

남편은 임무 때문에 사막에 나갔다가 며칠 만에 돌아오곤 하였다. 귀하게 자랐던 아내는 건강이 악화되고 거의 미칠 지경이 되어 영국의 아버지에게 고통을 호소하는 편지를 보냈다. 아버지에게서 답신이 왔다.

The Bright Rampart. 감옥에 두 죄수가 갇혔는데, 한 죄수는 창살 사이로 철조망만 바라보며 시간을 보내고 다른 한 죄수는 창살 넘어 푸른 하늘과 밝은 별을 보고 산다.

아내는 결심하였다. 여기가 나의 삶터이며 현실이다. 나의 성곽을 만들자. 아내는 사막 생물들의 생태를 관찰하며 사진을 찍고 기록을 했다. 7년간 기록한 일곱 권의 책은 사막생태에 관한 귀중한 자료가 되었다.

2.

미국의 델마 톰슨은 미국 서부의 모하비 사막에 있는 부대로 배치된 육군장교인 남편을 따라 사막에서 생활하였다. 인디언과 멕시코인들 밖에 없는 사막생활은 영어도 통하지 않고 외롭고 견디기 힘든 나날이었다. 차라리 감옥에 사는 것이 낫겠다며 부모님께 어려움을 토로한 편지에 대한 답변이 두 죄수의 감옥이야기였다.

그녀는 편지를 받고 자신의 생활을 사랑하며 사막의 이야기를 소설로 썼는데 그 제목이 The Bright Rampart였고 유명한 여류 작가로 성공하게 된 계기가 되었다.

The Bright Rampart에 관하여 두 개의 글을 읽었다. 첫 번째의 글은 여러해 전에 강원도의 한 여성백일장에서 수상한 작품에 담긴 내용이고, 두 번째는 문학을 소개하는 글에서 읽은 것이다. 둘 중에 어느 하나가 정확한 것인지, 아니면 둘 다 맞는 이야기일 수도 있겠다. 이야기들 속에는 삶의 현실을 있는 그대로 받아들이고 그 바탕에서 자신의 이상을 실현해 가야 한다는 의미가 잘 담겨있다.

첫 번째 백일장의 글을 쓴 분은 전방에 근무하는 장교의 부인이었는데, 열악한 전방의 생활환경에서 빛나는 성곽의 이야기를 알게 된 후에 새로운 눈으로 활기차게 일상을 가꾸어나간다는 이야기를 덧붙이고 있었다. 우리가 현실을 어떻게 인식하고 있는가를 다시 살펴보게 하는 감동스러운 글이었다.

아침햇살

아침에야 다다른 햇살은
그녀가 찡그리자 잠시 서성인다
돌아갈 수 없는 길
힘든 다리를 잠시 창가에 있는다
햇살은 그녀의 아침을 열었는데도
그녀는 아침이 저절로 온 줄 안다
햇빛이 먼 길을 데려온
산의 초록과 들판의 꽃들
그녀의 강을 한 번에 건널 수 없어
징검다리처럼 한 걸씩 디뎌보는 아침

– 「문학세계」 2007. 5

꽃을 보며 뿌리를 생각한다

여러해 전, 연구실 앞 정원에 핀 장미를 보면서 진한 여운이 남았던 기억이 있다. 뿌리의 존재를 새삼스레 느꼈기 때문이다. 아침햇살에 꽃잎 이슬을 반짝이던 붉은 장미는 정말 아름다웠다.

어디에서부터 이토록 강렬하고 짙붉은 빛깔이 생겨나는 것일까? 무엇이 이처럼 탐스럽고 마음을 휘감는 겹겹의 꽃잎을 만들어내는 것일까? 나의 눈길은 꽃에서 줄기로 자연스레 이어졌는데, 줄기를 타고 땅에 닿는 순간, 아! 뿌리! 뿌리의 존재가 확연하게 다가왔던 것이다.

뿌리가 땅 속에서 물과 양분을 빨아올려야 땅 위의 꽃들을 피울 수 있다는 것은 당연한 사실임에도 그 날은 뿌리에 대한 연민이 내 마음 속에 물결치듯 솟았다.

사랑하는 꽃을 피우기 위해 흙의 틈새마다 파고들며 안간힘으로 물을 빨아올리는 뿌리, 그럼에도 평생 동안 한 번도 햇빛을 보지 못하고 사람들의 눈길 한번 받지 못하는 뿌리, 막상 꽃 한 송이 피워내고 나면 자신의 목이라도 축일 물은 남아있을까…

사람들은 뿌리의 고생은 아랑곳하지 않은 채 꽃의 아름다움만을 찬미하지만, 뿌리는 자신의 공로와 고생을 내보이기 위해 햇볕 따사로운 땅 위에 나설 수 없다. 그 것은 자신도 죽을 뿐 아니라 사랑하는 꽃의 죽음임을 알기 때문이다. 꽃과 뿌리는 한 생명으로 얽혀 있음에도 뿌리는 생을 마감할 때까지 한 번도 꽃을 만나지 못한다. 살아서도 만날 수 없고 죽으면 이미 만날 수 없는 꽃과 뿌리, 슬프고도 아름다운 그 인연의 여운이 늦은 밤까지 가슴을 떠나지 않았다.

　얼마 전에 화제가 되었던 「대한민국에서 장남으로 살아가기」라는 책이 있었다. 부모를 모시고 형제들을 아우르면서 가정을 이끌어가는 우리나라 장남들의 애환과 보람을 솔직하게 담아내었다고 하여 언론에도 많이 소개되었었다. 이 나라의 장남들에게 제목부터 얼마나 진하게 어필되었던가. 그들이 우리 사회의 한 뿌리가 아닌가 생각해 본다.
　시골에서 보면 여러 동생들을 대학공부며 직장일로 모두 도시로 떠나보내고 부모님을 모시면서 농사를 짓고 사는 사람들을 어렵지 않게 만날 수 있다. 내가 아는 어떤 분도 그렇게 살아가고 있다. 넉넉지 않은 가정형편 때문이기도 했지만, 장남이라는 지위에는 조상묘와 부모가 있는 고향땅을 쉽게 떠날 수 없게 하는 말로 표현하기 어려운 무언가가 배어 있다.

그 무언가는 대체로 고생을 동반하는 것인데, 남의 덕담으로는 훈장과 같이 명예로운 것이고 짊어진 고생으로 보면 멍에와 같은 것이다. 그의 세 동생은 모두 대학을 나와 도시에서 직장을 다니며 결혼을 하였다.

이제는 세월도 제법 흘렀지만, 그 분은 동생들이 모두 도시에서 자리를 잡은 것을 자랑하고 보람이라고 하면서도 어떤 저녁이면 술 한 잔 기운을 빌어 서운함을 내비치기도 하였었다.

여름이면 직장 동료들까지 데리고 와서 산수 좋은 동네 강가에서 며칠씩 묵고 간 휴가들, 동생의 직장생활에 도움이 될까 해서 이런저런 먹을 것들 챙겨서 보내놓고 나면 남은 것은 쓰레기와 밀린 농사일들, 수확철이면 한 보따리씩 싸서 보냈던 곡식들이며 과일들, 동생들만의 해외여행을 나중에 우연히 알았을 때의 가슴시린 서운함, 형님이 농사일이 바쁠 때라서 말을 못했다는 얘기에 안으로 무너지며 아프게 드러나던 고단한 삶, 명절과 집안 대소사의 애환들…

밤 깊어질 때까지 섭섭함을 술잔에 푸념처럼 풀어놓고는 다시 보람으로 채색된 일상으로 돌아가곤 하였는데, 마지막 매듭은 늘 이랬다. "고맙지, 객지나 가서 잘못된 애들도 많은데, 고생이 많았을 텐데도 자리 잡고 잘 살고 있으니 얼마나 고마운 일이야."

다행히도 어떤 계기가 있어서 동생들은 형님내외의 고마

움을 깨닫고는 요즈음은 너무 잘한다고 자랑이다. 동생들이 돈을 모아 마련해준 해외여행도 다녀오고, 벌초할 때가 되어 직장일로 못 내려오면 빠트리지 않고 돈도 보내오고, 명절이면 동네 어른들께 인사도 다닐 줄 알고 서울 가서 성공했다고 칭찬하면 모두 형님과 형수님 덕분이라고 한단다. 명절이면 농사짓느라 거칠어진 얼굴 가꾸시라고 화장품까지 꼭 챙겨온다고 한다.

초로에 들어서는 내외의 요즈음 삶에서는 돈으로 헤아릴 수 없는 마음 뿌듯한 보람과 기쁨이 솟고 있음을 느낀단다.

우리는 아름답고 화려한 것을 좋아하면서도 그늘에서 묵묵히 뒷바라지한 사람들의 공을 제대로 살피지 않을 때가 있다. 당신의 몸 돌보시지 않으시던 우리들의 어머니, 동료들의 따뜻한 아침밥을 위해 새벽잠을 지우던 취사병들, 흥청거리는 송년에도 삭풍의 전선을 지키는 장병들, 에베레스트의 설산고봉 등정 텔레비전 프로그램에서 무거운 카메라를 덤으로 메고 제일 고생했으면서도 얼굴 한번 못 비치는 촬영기사… 스탭과 조연 없이 주연이 있을 수 없듯이 뿌리 없이 꽃은 피어날 수 없는 것이다.

사람들에게 귀여움과 사랑을 받다보면, 꽃은 자칫 아름다움이 마치 자신의 공인 냥 오만해지기 쉽다. 그러나 꽃은 겸

손하게 뿌리에게 감사해야 한다. 꽃이 뿌리의 노고에 보답하는 길은 두 가지이다.

하나는 뿌리가 빨아올린 양분을 햇빛과 부지런히 합성하고 온갖 비바람도 이겨내면서 아름다운 빛깔과 향기를 지닌 꽃을 피우고 열매를 맺는 일이다. 그렇게 하여 뿌리의 고생을 헛된 것이 되지 않도록 해야 한다.

다른 하나는 뿌리에게 고마움을 돌려주는 일이다. 뿌리의 공을 인정해 주고 토양이 메마르지 않도록 거름지게 만들어 주는 것이다. 그렇게 하여 꽃과 뿌리는 진정 아름다운 하나의 생명이 되는 것이다.

나이가 들면서 주위를 돌아보면 우리네 이웃에는 꽃과 뿌리와 같은 사람들을 볼 수가 있다. 사람들이 서로 얽혀 사는 우리 삶터에서 누구는 꽃이기만 하고 누구는 뿌리이기만은 아닐 것이다. 아마도 우리는 누군가의 꽃이면서 또한 누군가의 뿌리로 살아가고 있는 것이리라.

햇살 맑은 오늘 아침에도 연구실 앞 정원의 꽃을 바라보면서 우리네 삶의 꽃과 뿌리를 되새겨보게 되는 것이다.

뿌리 悲歌

오늘도 꿈틀거리며 밤을 뒤척인다
화사하게 피어나는 그대를
꿈꾸기 위해

볼 수 없는 사랑
천형天刑처럼 짙어진 어둠

한번만이라도 만날 수 있다면

계절의 갈피마다
그대는 꽃으로 피어나고
흙들의 틈새마다
나는 끝내 파고들어야 한다
안간힘으로 빨아들여도
그대 한 송이 피워내고 나면
내 목 축일 물은 늘 한 줌뿐

18

쉼 없는 노동으로 부르튼 나의 손발들
어둠은 나에게 위로한다
그게 너의 사랑이라고
하늘을 열려고 하지 말라고
하늘 열어 님을 만나면
우리의 사랑은, 나의 사랑은
이카루스의 신화神話가 된다고

누구도 나를 건져낼 수 없다
살아서는 만날 수 없는 사랑
죽음으로도 이룰 수 없는 사랑
절망을 부둥키며 나는
땅속의 틈새를 방황한다
별빛 더욱 초롱한 새벽이 오는데도

－「한국문인」 2005. 6·7월호

충성대

　몇 몇 교수들과 퇴근길에 소주 한잔을 하였다. 1981년 이곳 육군3사관학교, 충성대에 올 때 나는 3년차의 대위였다. 그 때 첫 강단에서 가르친 갓 스물을 넘던 졸업생들은 이제 고급장교가 되었고, 몇 사람은 모교의 교수가 되어 중견의 위치에서 다시 생도들을 가르치고 있다. 그렇게 충성대의 시간이 흘렀다. 소주잔에 추억을 담아 넉넉히 취했다.

　영천의 동쪽 넓은 들판에 자리하여 남녘으로는 금강성의 단애斷崖가 정말 병풍처럼 펼쳐져 있고, 북녘으로는 효사로의 능선들이 산맥줄기와 이어져 있는 충성대 캠퍼스. 이곳에서 푸르른 사관생도 및 장교들과 미래를 펼치면서 군복의 빛이 바래가는 만큼씩 나의 숲은 자라온 것이다.

　27여 년간 수천 명의 졸업생을 떠나보냈지만 몇 년이 더 흐르면 내가 떠나게 될 것이다. 떠나는 졸업생들에게 당부하던 인생을 나는 살아온 것인가? 떠난 후의 나의 모습이 그들에게 당부했던 모습으로 남을 것인가?

　충성대에서 나의 가정이 피어나고 두 아이가 태어났다. 학교를 굽어보는 천수봉 자락이며 잔디 연병장을 송글송글

뛰어다니던 아이들은 이제 대학생이 되었다.

　나는 아이들이 군가와 훈련함성을 들으며 아름다운 캠퍼스에서 뛰어놀며 자란 것, 이곳 시골의 고경면 단포초등학교에 다닌 것을 다행이며 감사하게 여긴다. 녀석들의 연둣빛 어린 추억도 그랬으면 좋겠다.

　오늘도 충성대에는 사관생도와 후보생들의 젊은 함성이 울려 퍼지고 미래로 디뎌가는 꿈들이 하루에 하루만큼씩 무르익어가고 있다. 그들이 장교의 길을 선택한 것은 인생에서 얼마나 중요하고도 용기있는 결정이었겠는가!

　중년의 언덕에서 둘러보니 사람마다 인생의 전환점을 만드는 중요한 결정들이 있다. 그 결정은 대체로 어떤 길을 선택하는 것인데, 인생이란 자신이 선택한 길을 성공의 길로 만들어가려는 노력의 과정일 것이다. 군인의 길, 장교의 길을 선택한 사람들이 그들의 결정이 옳은 것이었음을 스스로 이룩하며 확인해가는 인생이기를 기도하게 된다.

　충성대는 어느 덧 올해로 개교 40년의 성숙한 장년이 되었고 졸업생들은 군과 사회의 각계에서 국가발전의 중요한 역할을 수행하고 있다.

　내 삶의 본터가 된 충성대, 세월이 한참 흐른 후에 나를 찾는 여행을 하게 된다면, 이곳에 스며있는 기억들과 만나게 될 것이다. 청운관의 연구실에서 금강성 단애를 바라보며 충성대에 나의 삶을 디디던 그 때에 잠시 젖어본다.

유월의 천수봉에서[*]

1. 추억하는 아침

아침이면 이슬만큼 해가 뜬다
어제도 어둠이 내리기 전에
서산을 넘어야 했던 해는
끝 모를 반복에도
첨병 같은 먼동 앞세워
숲에게로 온다

햇날에 베어져야 비로소
일어서는 산들
구비마다 새겨진 메시지는
가슴으로만 울릴 뿐
스스로 말하지 않는다

세월의 자락에 묻어온 전설이란 늘
그대의 숨결 닿는 곳에서 푸드덕

---

*   천수봉은 육군3사관학교의 교정에 있는 봉우리이며, 정상의 국기봉에는 태
    극기가 휘날린다.

싱싱하게 피어나는 것이므로
따사롭던 어린 시절 봄볕 처마 밑을
힐끔힐끔 추억하며
손마디 굵어간 어머니 같은
유랑의 세월

살아야 할 것들은
뿌리내릴 땅 틈을 찾아
죽어야 할 것들은
안식할 별 틈을 찾아서
거친 손등 눈물로 훔쳤던
밤으로의 여정 끝에서
돌아서는 대열을 본다

반도半島에서도 추방되었던 신단수神檀樹
메마른 숲은
순백의 안개로 몸을 풀고
실뿌리 뿌리마다 그리움으로
눈뜨는 아침

이제는 미소 띠며 왔다가
툭 스쳐가던 희망의 뒷모습마다
체념하지 않으리

아침이면 오르는 숲에선
아주 작은 생명들도
잠들기 전에 품어두어야 할
꿈을 위해
밤이 짙어갈수록
가슴을 닫지 않았으므로

2. 순교하는 나무

대지의 솜털마저 일으키며
푸른 제복으로 막 젖어가는
젊은 함성을 들으면서 나는
불혹不惑의 언덕을 둘러본다

나의 나무는 어디쯤에 서 있는가

우리 유년의 바다는
늘 알몸이었다
껍질 벗듯 파도는
죽음으로 회귀하며
해안에 다다라 다시 살아났다
헬 수도 없이 맨살로 부서지는
파도를 품어야만 환생하던

바다에 너울대며

우리의 유년은

그렇게 그을어 갔다

오늘 아이들이

천수봉 골짝에서

꽃잎처럼 뛰어다니다가

해질녘이면

얼굴마다 노을 물들여

돌아갈 오후

나는 국기봉 오르는 계하階下에 앉아

차라리 침묵으로 누운

황보黃甫의 용마龍馬*를 본다

빛은 어둠을 딛고 서는 것

말없는 기도들이 푸르게 서린

영웅의 칼끝도

---

*   黃甫의 龍馬 : 신라말기 영천지방을 관할하던 황보 금강성 장군은 자신의
    용마가 화살보다 빠르다고 자랑했다. 실제로 군중들 앞에서 활을 쏜 후 말
    을 달려 목표점에 도달했으나 화살은 보이지 않았다. 화살이 멀리 날아가
    말이 더 느린 것으로 속단한 장군은 수치심에 말의 목을 베었는데 화살은
    그제야 날아와 말 등에 꽂혔다. 장군은 비통한 심정으로 성대하게 말을 장
    사지냈다고 한다. 현재 천수봉 자락에 황보 장군의 묘가 있으며 용마의 무
    덤은 그 동쪽에 있었다고 전해진다.

읍참泣斬의 긴 회랑回廊을 지나면
산하에 잠든 손에 손을 일으키며
돌아오는 땅

상처투성이 강산을 어루만지던
비마저도 비틀거리며
처연하게 동강난 시간을
볼모처럼 버려두고
포연砲煙의 여름을 빠져나가던
그 해
음계 잃은 포성을 끌어안았던
유혼幽魂들은 다시 봄이면
전사戰史한 귀퉁이마저 비켜간
이름 없는 계곡에서
한 떨기 초롱꽃으로 살아왔다

지금 능선 너머 전술훈련장에서
거친 숨 몰아
핏발 돋우는 함성들이
죽어서 풀꽃처럼 숨어 피는
이들을 진혼鎭魂하며
짙푸르게 익어간다

무릇 땅위에 꿈틀대는 목숨이란

안으로 곱게 삭혀온 향기

달이 차면 흩날리며

땅으로 돌아가는 것

아이들은 우연인 듯한 탄생이

조상들의 순교에서 배태胚胎된 것임을

알 수 없으리

이제 한여름의 구비를 돌아서면

한 점 바람에도

다 익은 잎새들은 숲을 위해

나무를 떠날 것이다

놀라웁다

우리의 숲에는 죽어서 살아나는

눈물겨운 윤회의 역설逆說이

거짓처럼 살아있는 것이다

3. 기도하는 광야

사위어 가는 달빛에도

강물 푸른 비늘로 뒤척이는 밤

긴 긴 새벽까지

그리워할 대로 다

그리워한 뒤에도
솟아나는 그대 그리운
따뜻한 손길

이제는 떠나리
오랜 고독도 일상에 섞여
향수를 달래는 위안이 되었던
주검처럼 가라앉은 평화를

포플러 강 안개에 젖는
초하初夏의 품을 열어
무릎까지 거두며,
저 들판
돋는 땅심에 물꼬 틀어
어린 모 품어 안는 유월

우리는 가야 하리
따뜻한 남쪽나라 훨훨
봄바람으로 가면
삶을 에는 지친 삭풍되어
분계선 철조망에 찢기며
망명해 오던 광야曠野로

오늘 밤에도
나는 들을 것이다

가슴타고 흐르는 취침나팔소리에
훈련장 들풀마다
땀에 젖은 하루를 누이며
고토故土의 꿈을 갈아
기도하는 진군進軍을

살아나는 싹이란
눈 덮인 땅에서 움트는 것인가

오늘 천수봉
긴 오후의 기슭에 앉아
희망이 잠든 곳마다 배회하던
불행의 사슬을 풀며
들판을 번져 가는
초록의 불길을 바라본다

  –「국민호국문예」 국방부장관상 수상, 1994.

하루는 작은 인생

하루는 작은 인생이다. A day is a small life! 이 문장을 보는 순간 정신이 번쩍 들었다. 인생을 전체로 묶어 통째로만 생각해야 하는 것은 아니라 하루짜리로도 하나의 인생이 될 수 있다는 것이 아닌가.

몇 년 전 육군 근속 30주년 기념휘장을 받던 날, 연구실에서 오후의 창밖을 내다보고 있다가 문득 '내가 젊은 날 꿈꾸었던 인생이 내가 살아온 이러한 인생이었던가?' 이런 생각이 들었다. 잘 살았다 못 살았다 하는 평가가 아니라 내 인생의 몸통부분이 흘러가버렸다는 사실이 확연하게 다가왔던 것이다.

열아홉 풋풋한 청년으로 두리번거리며 서울의 동북, 불암산 자락의 화랑대에 들어서면서 '어떤 인생이 펼쳐질까?' 미지의 세계에 대한 약간의 호기심과 두려움, 그리고 미래에 대한 낙관적인 기대와 설렘이 있었다.

지금 돌이켜 생각하니 사관학교를 졸업하면 인생의 큰 항로가 정해져 있었고 현실적인 요구들이 분명했기 때문에 현실에 충실한 것으로도 미래가 함께 설계되는 것으로 느꼈던 것 같다. 지나온 길을 뒤돌아보고 앞날에 관한 이런저런 생각들을 정리하여 삶의 지도를 그려 본 것은 불혹을 넘어설 무렵에서였다.

어쨌든 지금까지 살아왔다. 항로의 큰 흐름은 유지되었지만 때때로 이런저런 작은 변경도 있었다. '하루는 작은 인생'에 정신이 번쩍 든 것은 이제는 청년의 꿈을 꿀 수 없다는 것을 깨달았기 때문이다.

청년의 열정으로 힘이 솟아나던 20대부터의 30여년을 다시 꿈꿀 수는 없다. 젊은 기분으로 살려고 애를 쓰겠지만 어찌 몸과 마음의 힘이 힘차게 솟던 시절과 같을 수 있으랴.

그러나 다시 시작되는 30년(?)은 새로운 감각의 인생이 될 수 있을 것이다. 전반의 추수를 하고 나면 결실을 거두고 낙엽들을 거름 삼아 새로운 사계四季의 하루씩을 작은 인생처럼 채워갈 수 있으리.

구슬이 서말이라도 꿰어야 보배라고 했다. 목걸이가 인생이라면 구슬은 하루하루이다. 구슬 없이 목걸이를 만들 수는 없는 이치이다. 어떤 목걸이를 만들 것인지를 그림을 그려가면서 인생의 어느 시기에 있든 구슬같이 하루하루를 살아야 한다는 생각이 점점 더 드는 것이다.

우리 기쁜 날들

내가 할 수 있는 일은
우리 하루마다 부르는
노래의 날개위에
그저 꽃 한 송이 얹는 일

내가 할 수 있는 일은
꽃 한 송이 가슴에 달고
노래 부르는 그대의 음계마다
가만히 기대어 보는 일

손길 닿으면 꽃들은 살아나
속살을 열고
숨결 닿으면 노래들은 일렁이며
푸르게 물결치는데
그대의 얼굴하나 빚지 못하는 구름들은
무슨 낯으로 떼 지어 다닐까
한줌의 사랑이면
우리 기쁜 젊은 날 빚을 수 있는데

내가 할 수 있는 일은
노래의 날개위에 꽃 한 송이 얹는 일
그대의 음계마다 기대어 보는 일

사랑 한줌이면
기쁜 우리 젊은 날

－「한국문인」 2005. 6·7월호

인연

세상에 쉽게 존재하는 것이 있을까? 한 사람의 생명, 쌀 한 톨, 꽃 한 송이, 모두 산고를 겪어야 태어나는 것이다.

신문 한 구석의 작은 기사는 참 경외스러웠다. 미국 항공우주국NASA에서 3만 광년 떨어진 곳의 별을 발견했단다. 그 빛이 별에서 출발한 것은 3만 년 전의 일이고 지구까지 도달하는데 3만 년이 걸렸다는 이야기가 아닌가? 1광년은 빛이 1년간 가는 거리이니 약 9조5천억km가 된다. 지구 한 바퀴가 겨우 4만km인데…

그런데 지구에서 가장 가까운 마젤란 은하는 17만 광년, 안드로메다 은하는 200만 광년, 퀘이사 성단은 30억에서 100억 광년이나 먼 곳에 있다고 하니 그 광대함을 제대로 짐작할 수도 없다.

시간은 또 어떠하랴. 불교에서 사용하는 겁산스크리트 'kalpa'의 음역인 겁파劫波의 약칭으로, 장시長時·대시大時라 의역된다은 본래 인도에서는 범천梵天의 하루, 곧 인간계의 4억 3,200만 년을 의미한다고 한다.

그런데 옷깃을 스치는 인연이 되려면 500겁이 필요하고 부부의 인연이 되려면 7,000겁이 필요하다고 하니 그 세월 또한 짐작도 할 수 없다.

무한하게 넓은 우주의 억만 겁 세월에서 한 순간 옷깃이라도 스칠 확률을 어찌 따질 수나 있으랴! 무한의 시간과 공간에서 만난다는 것은 얼마나 귀한 일인가. 지금 내가 만나고 있고 나에게 다가오는 일들이란 모두 그러한 것이 아닌가.

우리가 만나는 모든 인연들은 시간과 공간이 교차해야 이루어진다. 그런데 그러한 인연에 대한 서로 다른 생각이 아직도 머릿속을 떠돌고 있어 때때로 흔들리고 있다.

하나의 생각은 모든 만남의 인연이 고귀하기 때문에 모두 소중하게 대해야 한다는 것이고, 다른 하나는 인연은 정말 고귀한 것이므로 함부로 인연을 맺지 말고 진정한 인연을 잘 판단하여 충실하게 맺어야 한다는 것이다.

그런데 만나는 여러 사람들 중에서 진정한 인연을 어떻게 알 수 있을까? 지금은 소중하지 않은 것 같지만 나중에 소중한 인연이 되는지, 지금은 소중한 것 같아도 나중에는 소원한 인연이 될는지 알 수 없다.

넓은 초원을 태우는 큰 불도 시작은 작은 불씨 하나였으니 무한의 시간과 공간 속에서 인연을 헤아리기가 어찌 쉬울 수가 있으랴.

살면서 둘러보니 사람과 인연을 가리는 몇 가지 경우들이 있는 것 같다.

우선 '이익이 되는 사람인가 아니면 손해가 되는 사람인가'가 아닌가 싶다. 이익이 될 사람은 가까이 하고 손해가 될 사람은 멀리 하게 되는 것이다.

다음으로는 '호감이 가는 사람인가 아니면 싫은 사람인가'인 것 같다. 손익에 관계없이도 어떤 사람은 호감이 가고 어떤 사람은 싫은 것이다. 그러므로 싫은 사람은 멀리 하고 호감이 가는 사람을 가까이 하게 되는 것이다.

세 번째는 '바른 사람인가 아니면 그른 사람인가 하는 것이다. 사람들의 언행을 보고 대체로 그른 사람은 피하고 바른 사람을 선호하게 되는 것 같다.

또한 취향이나 생활스타일 등이 '편하게 어울릴 수 있는 사람인가 아니면 불편한 사람인가'를 의미하는 유유상종類類相從도 사람을 가리는 경우에 속한다. 나에게 도움이 되고 바르며 좋은 사람인 줄 알면서도 서로 교우하기가 편하지 않은 사람도 있는 것이다.

인연을 가리는 기준이 위의 몇 가지뿐이 아니라 적어도 사람의 숫자만큼은 되지 않겠는가?

어쨌든 인연을 소중하게 받아들여야 한다는 것은 맞는 말인데, 얼마 전 읽은 글에서는 함부로 인연을 맺지 말라고 충고하고 있었다.

진정한 인연과 스쳐가는 인연은 구분해야 한다. 진정한 인연은 좋은 인연이 되도록 노력하고 스쳐가는 인연이라면 지나치도록 내버려 두라.

만나는 모든 사람들과 인연을 맺으려 하면 좋은 인연을 만나지 못하고 어설픈 인연만 만나게 되어 그들에 의해 삶이 침해되는 고통을 받게 된다.

인연 맺음에 너무 헤퍼서는 안 된다. 옷깃을 한번 스친 사람들까지 모두 인연을 맺으려고 할 필요는 없다. 우리는 수많은 사람들과 접촉하고 살아가지만 진정 인간적인 만남은 그렇게 많지는 않다. 그들만이라도 진실한 인연을 맺어 놓으면 좋은 삶을 마련하는 데는 부족함이 없다.

진실은 진실한 사람에게 투자해야 좋은 결실을 맺는다. 우리는 인연을 맺음으로써 도움을 받기도 하지만 피해도 많이 당한다. 대부분의 피해는 진실이 없는 사람에게 진실을 쏟아 부은 대가이다.

돌이켜보면 만난 인연들을 소중하게 이어가지 못했던 경우도 많았다. 인연을 가려가며 맺기도 쉽지 않은 일이지만, 그럼에도 만나는 인연들을 함부로 대하지 말고 좋은 인연이 나쁜 인연이 되지 않도록 유념하면서 살아야 할 것 같다.

알고 싶습니다

알고 싶습니다
당신 같은 사람이
왜 세상에 존재해야 하는지를

당신은 왜
고요한 세상 요동치게 하고
잘 정돈된 시간들을
헝클어 놓으려 하나요

나는 알 수 없어요
어떻게 작은 목소리의 흥얼거림
생긋거리는 웃음이나 졸고 있는 오후
보드랍지도 않은 손
향기도 없이 날리는 머리칼
토박토박 걸으며 한 풍경이 되는,
뭐 그런 하찮은 것들을 가지고도
북소리 울리듯
세상을 둥둥 뜨게 만드는지

당신을 떠올리는 것만으로도
가지런한 과거와
반듯하던 미래 같은 것들이
천천히 또는 갑자기 엉클어져 버리는
뭐 그런,
그렇게 해서 당신이 얻는 것이 무엇인가요

당신 같은 사람은 도무지
하루에 스물 네 시간 이상을
생각할 필요가 없어요

당신은
세상을 망가뜨리러 온 것이
틀림없어요

정말 알고 싶어요
당신 같은 사람이
언제부터 존재하게 되었는지를
그리고
가을 숲 바람마다
흩날리는 햇빛 한 조각씩 채어
나뭇잎에 달아주는 산새나

여름바다 물결마다 반짝이는
은빛조각 채어 낮별로 띄우는 물새처럼
왜 팔딱이는 맥박마다 내 정신의 세포
한 조각씩 채어가나요

당신은 알고 있기나 한가요
당신 때문에 도대체 엉망이 되는 것이
나 한사람만으로 충분하다는 것을

당신이 존재한다는 사실만으로
현명함과 우둔함, 기쁨과 슬픔, 갈망과 체념,
있음과 없음, 설렘과 태연함,
섣부름과 망설임, 보임과 감춤 같은
그런 것들이 왜 생겨나야 하나요

정말 알고 싶습니다
어떻게 당신 같은 사람이
세상에 존재하게 되었는지를

존중과 배려

인류가 살아오며 가장 타당한 이치라고 여겼으므로 황금률Golden Rule이라고 했을 것이다. '네가 대접받고 싶은 만큼 남을 대접하라', '콩 심은데 콩 나고 팥 심은데 팥 난다', '인과응보因果應報'. 대체로 이러한 이치들이다. 어느 텔레비전 프로그램을 보니 이를 편하게 표현하면 '세상에 공짜는 없다'는 것이란다.

사회가 민주화되고 정보사회로 변화하면서 조직 내의 인간관계에서도 권위적인 분위기가 많이 가시고 존중과 배려가 점차 강조되고 있다.

'존중과 배려', 상대방의 입장을 이해하고 아끼며 갈등보다 화합을 지향해 나가는 정신적 따뜻함이 느껴지는 아름다운 마음 씀씀이이다.

존중과 배려가 아름다운 것임을 알면서도 강조가 많이 되는 것을 보면 현실은 마음처럼 실행하기가 쉽지 않기 때문인지도 모르겠다.

주변을 보면 상대방에게 먼저 존중과 배려를 하는 것은 크게 어렵지 않은 것 같다. 약속시간에 늦은 사람에게 화를 내기보다도 '사정이 있으면 그럴 수 있는 것'이라고 마음을 편하게 해주고, 부서에 갓 들어와서 일이 서투른 신입사원을 친절하게 챙겨서 적응을 도와주며, 나보다 어려운 상대방의 입장을 이해하여 양보하는 일이 그렇게 어려운 일은 아니어서인지 많은 사람들이 배려의 마음을 행동으로 실천한다.

그러나 수도자가 아닌 평범한 사람들이 존중과 배려를 실천하기가 어려워지는 경우들도 있다.

가령 내가 베푼 배려에 대해 상대방이 고마워하지 않으면 존중과 배려를 반복하기 어려운 것 같다. 배려가 고마움을 되받으려고 하는 것은 아닐 것이다. 그럼에도 가령 신입사원을 도와주었을 때 고맙게 생각하기는커녕 '고참 사원이 도와주는 게 당연한 것 아니냐'는 식으로 반응하거나, 형편이 어려운 친구가 도움을 청하여 자신도 넉넉한 형편이 아님에도 도와주었는데 '그 것 좀 도와주었다고 너무 생색내지 말라'는 식으로 반응한다면 그 사람을 계속해서 존중하고 배려하기가 쉬울까?

아울러 상대방도 상응하는 언행을 하지 않거나 무관심하면 존중과 배려를 지속하기가 어려워지는 것 같다. 가령 여러 사람 앞에서 상대방의 체면을 고려하여 조심스럽게 대했는데, 상대방은 나의 체면은 아랑곳하지 않고 자기의 입장만 생각해서 나를 무시하는 언행을 하는 경우에도 일방적으로 그를 존중하고 배려할 수 있을까? 아마 쉽지 않을 것이다.

배려를 올바로 받아들이지 않는 사례를 들었지만 사실상 예외적인 일들이며 대부분의 사람들은 그렇지 않다. 남에게 도움을 받으면 고마워할 줄 알고 베풂을 받으면 보답하려는 것이 보통 사람들의 마음이다. 그럼에도 그렇지 않은 사람들을 만나곤 하게 되니 세상 사람이 어디 다 같겠는가. 사람들은 흔히 자기가 나름대로 남들을 배려한다고 생각하기 때문에 내 입장만으로 시비를 가리기가 쉽지 않을 것이다.

우리가 만나는 대부분의 사람들은 성인군자나 수도자가 아니다. 한쪽 뺨을 맞으면 다른 쪽 뺨을 내밀고 내가 베푼 것은 강물위에 쓴 글씨처럼 잊어버리고 남에게 도움 받은 것은 바위에 새긴 글처럼 가슴에도 새기는 수양이 높은 사람이 아닌 것이다.

세상사는 이치를 참 재미나게 풀어내던 한 선배는 그랬다. 남에게 먼저 배려를 해야 한다. 그리고 술 한 잔이라도 베푼 것은 그 것으로 잊어야 한다. 베푼 만큼의 보답을 기대하지는 말라. 그러나 배려와 고마움을 모르는 사람까지 모두 가까이 지내고 배려하려고 애쓰지는 말라. 특히 남의 요청이 없는데도 고마움을 기대하고 돕는 일은 양쪽 모두 해

치기 쉽다. 결국은 서로에게 한 것만큼 하게 된다.

남들에 대한 배려 없이 내 입장만 챙기며 살 수도 없고 그렇다고 손해만 보고 살 수도 없는 노릇이다. 손해 보는 듯 나를 조금 덜 챙기고 상대를 위하며 사는 것이 나을 것이라는 생각을 가지고 살아가면서 형편에 따라 처신할 일인 것 같다.

여름밤의 추억

세상의 등 뒤에 숨으면
진실을 만날 수 있네
꼭 품어 안았던 날들
정말 아파했던 여름이 있네
세상의 등 뒤에는

여름밤의 한 켠을 자르면
추억을 만날 수 있네
지울수록 돋아나는 흔적이 있네
여름밤의 한 켠에는

-「한국문인」 2005. 6·7월호

나무들의 숲

　나무와 숲은 내 삶의 키 워드이다. 나무는 개체를 의미하고 숲은 전체를 상징한다. 나라가 숲이면 국민 한 사람은 나무이고, 조직이 숲이면 구성원은 나무이며, 가정이 숲이면 가족들은 나무인 것이다.

　나무와 숲은 관계, 그러므로 개체와 전체의 관계는 청년 시절 나의 학문과 세계관에 슬쩍 들렀다가 지금은 주인처럼 자리를 잡고 있다. 둘의 관계는 숲을 위해 나무들이 존재하는 '숲속의 나무'일 수도 있고, 나무 하나씩의 존재를 먼저 존중하는 '나무들의 숲'일 수도 있다.

　나는 '나무들의 숲'에 더욱 마음을 기울이게 되었다. 그렇다고 해서 숲에 의지하지 않고 나무가 홀로 살아갈 수 있다는 것은 아니다. 전체와 개체는 서로가 얽힌 한 몸인데 어찌 나누어 생각할 수 있으랴만, '숲속의 나무'로부터 해가 거듭되면서 점차 개체의 생명력에 눈길을 더욱 두게 된 것이다.

　'나무들의 숲'에서의 나무는 숲의 생명과 무관하게 자신의 생명만을 챙기는 이기적인 나무가 아니라 숲의 무성함을 위해 자생의 힘을 튼튼히 갖춘 조화로운 나무이다.

나무 한 그루 한 그루가 건강할 때 숲에는 열정과 상생의 에너지가 더욱 솟는다. 성공하는 전체를 위해 때로는 개체의 희생이 고귀하다. 그러나 개체의 일상화된 희생으로 유지되는 전체는, 전체와의 끈을 아예 떼어버리는 개체의 자유가 슬픈 자유이듯이 허울의 성채이다.

홀로 설 수 없어서 함께 서는 것보다 홀로 설 수 있는 사람들이 함께 설 때 조직과 개인은 모두 더욱 건강해지는 것이다. 자생의 개체들의 생명력이 융합되어 이루는 숲! 그러면서도 홀로 서기 어려운 나무들도 보듬고 안아주는 숲, 그러한 숲이 나의 이상향이 되었다.

숲을 꿈꾸며

새벽빛이 계곡 물가에
안개꽃을 피우면
밤새 별빛으로 일구어낸 숲에선
솜털마저 일으키며
젊은 함성이 울린다.

계절을 흐르면서 커가는
한 그루 나무이기 위해
그대 깊은 샘물 한 줌으로
뿌리를 축이던
순애純愛의 역정歷程에서
우리는 가지가지마다 움트는
잎새를 보았지

모든 나무들이 키우는 소망들이
서로를 품어
꽃향기로 교정에 흩날릴 때
그대 아는가

네가 나의 삶의 이유인 것을

결박할 수 없는
온갖 생명들의 색깔을 삭혀
무지개로 빚어내는
숲을 꿈꾸며,

동트는 아침 그대 앞에 선다.

– 육군3사관학교「충성대신문」신년축시, 1993. 1

배달민족 한민족

우리 민족 최초의 국가는 환국桓國이었고 통치자를 환인桓因 또는 桓仁이라 하였다. 환국시대의 마지막 수장인 7世 지위리知爲利 환인으로부터 B.C 3898년 나라를 이은 거발환居發桓 환웅桓雄은 신단수神檀樹 신시神市에 도읍을 정하고 나라이름을 배달倍達이라 하였다.

배달倍達은 18世 거불단居弗壇 환웅까지 1565년간을 대륙에서 융성하였으며, 초대 단군檀君 왕검王儉은 배달나라를 이어서 B.C 2333년 조선朝鮮을 개국하여 민족정기를 계승하였다.

이는 계연수가 지은 「환단고기桓檀古記」의 삼성기三聖紀에 기록된 내용이다. 교과서의 민족기원과 논쟁이 있지만 나는 단군 이전의 민족사가 신화神話가 아닌 실존의 역사歷史라고 여기고 있다. 우리가 어릴 적부터 들어온 「배달민족」, 대륙의 중원을 호령하던 배달 한민족. 들꽃처럼 살아온 우리 민족의 뿌리가 그 곳에 있고 훼손된 민족역사를 되찾고 싶기 때문이다.

'한'은 우리 민족의 상징어이다. 한민족, 한겨레, 한글, 한얼… '한'은 우리의 시간과 공간에 두루 스며있다. 우리가 사물을 시간과 공간, 그리고 질과 양의 기준으로 정의할 때 '한'은 모든 정의 속에서 살아 있는 것이다.

나는 국어학자가 아니므로 내가 생각하는 '한'의 용례가 문법적으로 모두 옳은 것인지는 알 수 없다. 하지만 '한'이 우리 일상에서 사물의 존재를 규정하는 시時, 공空, 질質, 량量의 영역에서 두루 쓰이고 있는 것은 사실이 아닌가.

가령 한마음이나 한솥밥은 전체적인 동질성을 나타낸다. 시간적으로 보면 전체나 긴 시간을 의미하는 '한평생'이나 '한동안', 시간의 중심을 의미하는 '한낮'이나 '한밤중', 불특정한 시간을 의미하는 '한 사흘쯤'과 같은 용례가 있다.

공간적으로 보면 넓음을 의미하는 '한길'이나 '한밭', 공간의 중심을 의미하는 '한복판'이나 '한가운데', 불특정 공간을 뜻하는 '어디 한 군데'등에서 쓰인다.

질적인 의미로는 절정의 상태를 뜻하는 '한여름'이나 '한창때'등의 용례가 있고, 풍부함을 뜻하는 '한껏'이나 '한바탕'과 같은 쓰임이 있으며, 작고 약한 의미를 가지는 '한갓'이나 '한낱'등이 있다. 양에 관한 쓰임으로는 많음을 뜻하는 '한 아름', 하나거나 적음을 의미하는 '한줌'이나 '한 푼' 및 '한 끼'등이 있다.

'한'의 쓰임새에서 내포와 외연을 모두 포괄하는 드넓은 광야를 보는 듯, 배달민족의 정기를 생각하게 되는 것이다.

들꽃記

골 구비마다 패인
시간의 궤적軌跡들이
산자락까지 내려
꽃으로 피었다

내보이지 않아도
감출 수 없는 네 속잎
연륜 따라 결 지어 온 껍질
뿌리를 깊일 때마다 느껴 온
대지의 체온과
꽃잎을 열 때마다 새겼던
하늘 빛깔들이
씨맥脈으로
오늘도 흐르고 있다

갈채 가득했던 무대 위에서 너울졌던
너의 몸짓
길손들이 네 춤사위 품에 평화롭고

햇살은 새벽을 깨워
온통 네 빛깔 들판을 비추었던 전설
세월에 지쳐 태양은
어두운 그림자로 표류하고
신神이 외면한 광야에서
끝내 흐르고 마는 눈물을 훔치며
핏발을 돋우어
지켜온 들판
우리의 땅

한 움큼의 영혼을 움켜잡고
다시 한 송이
들꽃으로 피어나야 하는
너의 겨울을
가벼운 가슴으로는 말할 수 없다

네 속살을 헤쳤던
모든 영웅들의 칼끝은 부러져
그대의 발아래 버려지고
거친 숨결은 네 젖가슴에 잠들다

웃음은 처절한 울을 속에서 피어나고
오만을 딛고 일어선
겸허의 눈빛
깊은 숨 일으켜
솜털마저 살아나는 들꽃
유폐幽閉의 땅에서 한가롭던 깃발이
다시 날리고
동트는 아침빛으로 꽃잎을 열다

이제는
우리의 믿음이 빛날 시간이다
전설의 춤에
다시 힘이 돋아
갈채의 무대 위에서 너울진다.

- 건군 42주년 문예공모 시 당선작 「국방일보」 1990.

수평선

　바닷가에 서면 나는 파도가 되어 수평선이 궁금해진다. 수평선은 파도들의 고향이다. 우리는 나그네, 고향을 떠나고 학창을 떠나며 사랑을 떠나기도 한다. 어느 날에는 어제의 나를 떠나기도 하는 것이다.

　떠남은 늘 새로운 것과의 만남이면서도 떠나온 것을 그리워하게 되는 삶의 변곡점이다. 그렇다고 모든 떠남이 모두 그리움이 되는 것은 아니리라.

　떠나온 것들을 그리워한다면 아마도 우리의 시간문화가 조금이나마 작용한 것일 수도 있겠다.

　동양의 시간은 회귀하는 시간이다. 윤회하며 돌고 도는 시간이다. 그래서 우리는 돌아가야 한다. 집을 떠나면서 다녀오겠노라고 하고 고향을 떠나면서 돌아올 날을 기약한다.

　동양에 비하면 서양의 기독교적 시간은 돌아오는 시간이 아닌 것 같다. 창세로부터 시작된 시간은 미래로 가기만 할 뿐 과거로 회귀하지 않는다.

　메이플라워호를 타고 미국을 개척한 청교도들은 다시 영

국으로 돌아가려고 했을까? 동부에 정착한 그들이 서부를 개척하러 떠날 때에도 다시 동부로 돌아오는 시간이 아니라 앞으로만 나아가는 시간과 함께 서부에 머무르지 않았을까?

그래서 동양의 축제는 모두가 돌아오는 고향에서 흥겹고 서양의 축제는 지금 사는 곳에서 펼쳐지는 것은 아닐까? 그들에게는 북새통을 이루는 무모한(?) 명절 귀향행렬이 없는 것이다.

지나간 시간이란 아름답게 그려지면 정겹고 애환이 그려지면 눈물겹다. 빛바랜 사진처럼 수평선 아련한 시간 속에 우리 생애의 기쁨과 슬픔들이 알알이 박혀있는 것이어서 우리는 한 너울 파도가 되어 어느 날엔 먼 바다를 바라보는 것이리라.

바닷가에서

바다에도
당신이 보입니다 밀려오면,
박하향처럼 화사해지는
당신의 숨결도

푸른 바다에 몸을 던지는
햇살 한 줄기
모래알만큼 흩어지면
오월의 아카시아 꽃잎 같은
당신의 눈웃음도 보입니다

아주 어린 파도 한 너울이
오래 전 떠나왔던 수평선,
깊고 거친 시간의 골짜기를 지나
바닷가의 아침에 다다른
소식을 전할 수 있다면,
작은 돛배 한 척
갈매기 몇 마리 데리고 돌아오는

아주 작은 바닷가에서

수평선을 그리워합니다

ㅡ「한국문인」 2006. 3·4월호

굴레 벗기

색즉시공 공즉시색色卽是空 空卽是色, 있는 것이 없는 것이고 없는 것이 있는 것이다. 찬 것이 빈 것이고 빈 것이 찬 것이다. 굴레를 벗고 집착하고 있는 것들을 모두 내려놓으면 대자유의 기쁨을 얻으리라. 그래서 어찌 해야 한다는 말인가?

무릇 번뇌와 갈등은 소유에서 비롯된다고 한다. 무소유가 자유의 뿌리인 것이다. 우리가 소유하는 것은 재물만이 아니다. 체면, 명예, 사람, 역할, 공로, 생각 등 우리의 삶을 구성하는 모든 것들이 소유의 범주에 속한다. 재물을 무리하게 늘리려 다보면 이런저런 집착의 굴레에 묶이듯이 다른 것들도 그럴 것이다.

사람이 모이면 인간관계가 형성되고 그 속에 즐거움도 있고 갈등도 있게 마련이다. 집착의 굴레란 무리하게 내 것으로 소유하려고 할 때 생겨나서 우리를 속박에 가두어 자유롭지 못하게 하며 다툼을 만든다. 좋은 것들은 주위에 돌려주며 나의 권위를 낮추어야 어느 정도 욕망의 굴레에서 자유로워질 수 있다지만 생각처럼 쉬운 일이 아니다.

탈무드에서는 '명예를 잡으려고 하면 명예는 도망가고,

명예로부터 도망치려고 하면 명예에게 붙잡힌다.'라고 하였다. 하지만 세상에서 재물이나 명예 같은 것들로부터 초연한 사람이 얼마나 되겠는가? 속세의 현실에서 어떻게 하면 조금이나마 굴레를 벗고 자유로워질 수 있을까…

하나의 방법은 나의 것과 남의 것을 잘 가려서 남의 것은 남에게 돌려주는 일인 것 같다. 부하의 공을 가로채는 상관이 되면 안 되듯이 내 것이 아닌 것을 내 것으로 만들려고 하다 보면 무리가 따르고 갈등과 다툼이 시작된다. 그러면 재물이든 체면이든 나의 것을 침해당하면 어떻게 해야 하는가? 곰곰이 생각하며 지혜로운 답을 찾아볼 일이다.

선현들에 의하면 젊어서는 욕심을 부리는 것도 삶의 에너지가 될 수 있지만 나이가 들면서는 욕심을 하나씩 내려놓아 마음을 비워가는 것, 그래서 잊혀져 가는 사람이 되는 것이 굴레에서 벗어나는 슬기로운 삶이라고 한다. 그 또한 쉬운 일이겠는가? 색즉시공 공즉시색, 어쨌든 평생을 함께 지낼 삶의 화두일 것이다.

가을 운문사

속세의 인연들이 운문에 가면 구름이 된다
고요할 것 같은 운문의 시간은
삼라만상의 형상들, 구름처럼
만나는 듯 헤어진다

운문사 가을의 목탁소리, 나뭇잎에 닿으면
목탁의 울림만큼 낙엽은 익어가고
절밥 오래 먹은 잎새들은
아무 새벽이라도 짐짓 놀라
감로수 물위에 내려
새벽예불 나서는 여승을 맞는다

바라만 보고 들어설 수 없는 선원禪院,
금단의 땅일수록 왜 유혹이 강할까
처진 소나무 받치고 선 받침대처럼
승복의 여인들의 생애를
받치고 있을 무언가가 궁금하다

지난 여름, 절 밭에 뿌린 씨앗

가을배추를 거두며 혹시 번뇌는 없을까
세상에 아무 것도 뿌리지 말아야 했는데
무인무과無因無果라 하였는데
뿌리면 다시 거두게 되는 인과의 세월

옛 보전寶殿과 새로 지은 보전에
두 분의 부처가 동거하는 운문사
짐짓 걱정이 앞선다
길고 멀다는 깨우침의 길
옛 보전에서 닦은 마음 씻어내고
새 보전에서 다시 시작하는 건 아닐까
지나가는 비구니 앳된 모습
새로이 수행할까 안쓰럽다

운문에 들면 자유로울 것 같았는데
오히려 떠나야 자유로울 듯,
가을바람에 낙엽들은 내가 떠나지 않았어도
자유롭게 날고 있다
흠뻑 머물다오는 길에도
또 뒤돌아보는
가을 운문사

– 새한국문학회「동인시집」2006. 10

주는 사랑, 받는 사랑

'비둘기 콤플렉스'는 아름답지만 차라리 슬픔이다. 비둘기 암컷은 수컷한테 대단히 헌신적인데 일찍 죽는다고 한다. 자기도 사랑받고 싶었는데 주기만 하니까 사랑의 허기 때문에 속병이 든다는 거였다. 사람도 사랑을 계속 받기만 하는 건 상대를 죽이는 짓이라고 한다.

사랑하는 사람과 근심을 나누지 않는 것은 사랑하는 사람에게 자기를 진정으로 사랑할 기회를 주지 않는 것이라고 한다. 역시 사랑도 근심도 서로 나눌 때 진정 아름다워지는 것이리라.

사물의 양면성을 생각해 본다. 빛이 있으면 그늘이 있듯이 어찌 사랑인들 그렇지 않으랴! 미움의 깊이마저 사랑의 깊이 만큼이라고 하지 않았던가…

'사랑받지 못하는 것은 슬프다. 그러나 사랑할 줄 모르는 것은 더욱 슬프다. It is sad not to be loved, but it is much sadder not to be able to love.' 아! 사랑이란!

가을밤

가을이 오면 모든 길들은 산으로 간다
숨겨두었던 빛깔들 모두 들추고 나면
다시 나에게 내려오는 작은 숲길들
나무에서 갑자기 떨어져 당황하는 낙엽들
스—윽 다가온 계절의 칼날에
문득 베어지는 나무와의 인연
어리둥절한 낙엽을 놓치지 않고 덮치는 바람
이제 낙엽의 운명은 바람에 달렸다
계절의 틈새를 표범처럼 낚아챈
한 줄기 바람이
가을밤에 흔들리고 있다

－「문학세계」2007. 5월호

화랑대

육군사관학교_{화랑대}의 문을 두드리게 되었다. 초등학교 교사를 지내셨던 부친은 '선생 예찬론자'이셔서 교육대학 등에 진학하기를 원하셨지만 다른 여러 권유들과 내 판단의 힘이 더 강했던 것 같다.

육사는 내 삶의 중요한 국면들, 가령 사고방식이나 교우 관계, 학문과 사회경제적 위치 등의 포지셔닝에 있어서 이정표가 되었다. 지나온 날들을 돌아보면, 인생행로가 마치 화랑대에서 뿌려졌던 삶의 씨앗들을 싹 틔워 가꾸면서 솎아 내고 가지치며 살아온 궤적처럼 느껴질 때가 있는 것이다.

화랑대가 인생의 중요한 터닝 포인트와 이정표가 되었지만, 화랑대 생활의 모든 것을 수긍한 것은 아니었던 것 같다. 색깔은 바래었지만 이런저런 굴절 속에서 나름대로 충실하려 했던 생도생활의 초상이 떠오른다.

화랑대의 문을 나선지 삼십 수 년, 푸른 소위로 내딛던 삼백 여 동기생들은 지금 어떻게 화랑대를 추억하고 있을까?

숲처럼 강물처럼 우리는
– 졸업 및 임관 30주년 기념 –

1. 추억

오늘도 아침은 이슬에서 떠오른다
막 깊어지는 주름과 반백의 머리칼
그대의 얼굴에 닿기 위해
머나먼 밤길을 달려온 햇살은
그대의 아침에 잠시 머물다가
안개의 손짓에
숲과 강에게로 간다

불암산 자락에서 피어난 길은
오늘, 가야할 길을 다시 묻고 있다
치열했던 세월,
눈길 한번 제대로 주지 못했던
앨범 깊숙이 빛바랜 사진 속에서
불암산 솟음처럼 불끈거리던 젊음을 본다
쓰다듬으면,
원색의 빛깔로 다시 돋아날 것 같은 젊음
92고지, 5월의 축제, 사고보고서, 무락카…
설레는 가슴으로

야전의 문을 열고 힘차게 내딛던
삼백 열 넷의 발걸음

아주 여린 싹이
한 그루 나무로 커가던 숲처럼
작은 시냇물이 띄운 나뭇잎 하나
바다로 실어주던 강물처럼
정말 푸르던 소위들,
빛나던 눈동자와 용솟던 열정과 패기 다듬어
이 땅의 산하,
거친 광야로 떠나보냈던 화랑대

인생역정 영욕의 흔적들을
잔잔한 미소로 걸러내고
먼 길 돌아 귀향하는 청백의 대열
배마다 꿈꾸었던
만선으로 돌아오는 바다가 어디 있으랴
오늘 중년의 기슭에 앉아
다시 설레는 내일을 꿈꾸고 있다

2. 발자취

해가 뜨면 산들은 차근차근 일어서고
도시에서 산으로 뒤돌아보지 않고 달려간
길들처럼
함성으로 나아갔던 전선의 날들
이 터에 새 얼을

그대 걸어온 길을 돌아보라
한여름 짙푸른 녹음만큼 그을린 얼굴과
겨울 삭풍으로 거칠어진 살갗 위로
윤회의 계절마다
훈련과 작전으로 흘렸던 땀방울
별빛으로 세웠던 그 많은 날의 야근
어떤 저녁이면,
충성스럽게 반짝이던 병사들은
그대의 용기와 사랑을 추억하고 있으리

국가행정의 길에서
청백의 새로운 좌표를 이루어 온 한길
미래전력의 모델들과 씨름했던 정책 데스크
후진양성의 소명으로 섰던 강단과
불 밝히던 연구실

영화만을 바라고
굴곡의 시간들을 넘나들었을까
그대를 부르는 소리와 이 나라를
묵묵히 생각하였을 뿐

지난 삼십년,
너무 빠른 세월의 내달음에
삶의 호흡이 가빠서
따라오지 못하고 헐떡이며
저만큼 뒤에서 두리번거리고 있을
우리 젊은 날의 영혼과 꿈과 우정이여
이제는 함께 손잡고 조금은 느리게 가자

그대 이름으로 남긴 발자취,
켜켜이 이룩해 온 역사는
노을처럼 아름답다가
별처럼 빛날 것이다

3. 숲처럼 강물처럼

우리의 아침 한 조각을 채어
숲과 강으로 간 햇살 따라

숲이 되면 좋겠다 우리는
큰 나무들 몇 개 듬성듬성한 초원보다
크고 작은 생명들이 함께 무성하고
한 자락 바람이면
아픈 기억의 상처들이 아무는,
꽃의 산고를 겪은 뿌리를
흙들이 보듬어 주듯
한 그루 너의 나무에
나뭇잎을 훈장처럼 달아주는
푸른 숲이면 좋겠다

강물이어도 좋겠다 우리는
잠깐 볕에도 부드러워지던 버들강아지와
강바닥까지 휘몰던 폭풍우에 대해
까치밥으로 순순히 순교하던 감나무와
시린 풀꽃뿌리 덮어주던
겨울밤의 눈에 대해
강은 짐짓 알면서 모르는 듯

사계를 흐르고 있다

우리 나뭇잎처럼 한 생애씩

바다로 흘러 모두 만나는

강이 되면 좋겠다

푸른 땀방울로 결지어온 길이기에

더욱 고귀한 청백대열의

우리 새 얼 삼십년

숲과 강은

다시 아침 햇살로 깨어난다.

– 졸업 및 임관 30주년 기념시, 2006. 3

세월의 상처

지나간 시간이 다가올 시간보다 빠르게 느껴진다. 인생은 일장춘몽一場春夢이고 세상에 가장 빠른 새가 눈 깜짝할 새라고 했는데, 세월이 어느 날엔 더딘 것 같다가도 지나보면 훌쩍훌쩍 건너 뛰어버린 것 같다.

가끔씩 길을 돌아보면 후회스럽고 가슴 아린 일들이 있다. 기쁘고 자랑스러웠던 추억들 뒤에 아프게 웅크리고 있다가 눈길 마주치면 스며 나오는 기억들. '그 때 그러지 말았어야 했는데', '조금 더 참았어야 했는데', '더 베풀어야 했는데…' 다시는 그러지 말아야지 하면서도 여전히 아쉬운 일들이 군데군데 눈길에 띄곤 한다.

살다보면 남들에게 상처를 주기도 하고 남들로부터 상처를 받기도 한다. '어떻게 나한테 그럴 수가', '어떻게 자기 입장밖에 생각하지 않을까.' 그러나 알게 모르게 내가 남에게 주었던 괴로움들은 그들의 상처로 남아 있을 것이다. 산이 있으면 골이 있고 빛이 있으면 어둠이 있듯이 세상에는 기쁘고 즐거운 일만큼 괴롭고 아픈 일들이 생겨나는 것이다.

상처가 생겨나지 않도록 잘 헤아리며 사는 것이 지혜로운 삶이겠으나 쉬운 일이 아니다. 그래서 상처를 잘 치유하는 것 또는 지혜로운 삶인 것이다.

상처가 생기지 않게 하는 방법의 하나는 서로가 서로에 대한 기대를 적절하게 낮추는 일이다. 처음부터 상대를 너무 좋은 사람, 능력이 있는 사람으로 기대하지 말고 그 사람도 자기 입장에서 살아가는 사람, 능력이 부족할 수도 있는 사람이라고 생각하는 것이다. 그게 오히려 자연스럽다.

어떤 사람은 자기는 하지도 못하는 일을 남이 할 수 있기를 기대한다. 남에 대한 기대를 높이면 실망과 질책이 따르지만 기대를 낮추면 인정과 격려가 따른다. 처음부터 완성된 것을 찾지 말고 노력해서 완성을 만들어간다는 마음가짐이 필요한 것이다.

어떻게 하면 남에게서 받은 나의 상처와 내가 준 남의 상처를 치유할 수 있을까? 몸의 상처보다 마음의 상처가 까다롭다고 한다. 그렇지만 종교나 정신의학자들은 '이해와 용서'가 명약이라고 한다. 남을 이해하고 용서함으로써 나의 상처를 치유하고 남에게 이해와 용서를 구함으로써 남의 상처를 치유할 수 있다는 것이다. 수양이 없이는 실천이 힘든 일이겠지만 마음에 담아는 두어야겠다.

날카로운 무예도 원숙해질수록 부드러워진다. 각을 세워 사는 것이 젊음일 수 있을 것이다. 그러나 각을 눕힐 수 있는 것이 원숙하게 나이가 들어가는 길인 것 같다.

십이월

십이월을 본다 돌아보면
기찻길 침목처럼 줄지어 서 있는 시간들
지난 봄 안동 가는 길가
물오르던 포플러의 푸르른 도열
뜬금없이도 사랑이 일 것 같던 호흡
계절 탓인가 나의 시간들은
사랑 모르는 사람처럼
온기 없는 표정으로 서성인다
사람들은 순순히 둥지로 돌아가고 혹은
갈증의 아침에서야 어슴푸레 살아나는
술꾼들의 퇴근길 뒤켠
여기저기에 불 밝히며 매달렸던 일들
그럼으로 뭐가 좀 나아진 게 있나
두리번거리면 길거리 휘황한 불빛
구원의 종소리에 기대어 일구어 낸
늦은 밤 흥에 겨운 얼굴들

열두 달 긴 걸음에 매달려온
내 중년의 한해는
유년의 꿈으로 다가가고 있는 건가

–「한국문인」 2006. 3·4월호

선창가 대폿집

나는 설악산 아래 속초에서 청소년시절을 보냈다. 동네에는 어부들이 많았는데 여름이면 오징어잡이이까바리, 겨울이면 명태잡이명태바리가 생계를 받쳐주었다.

어부들의 집에서는 온 식구가 다 고기잡이에 매달려야 했는데, 가령 그 시절 겨울의 풍경은 이러했다. 명태는 겨울철 낮에 잡는 어종이어서 명태잡이 어선은 꽁치 살로 미끼를 낀 낚싯줄 상자를 싣고 새벽에 출항한다.

차디찬 바람이 몰아치는 거친 겨울바다에서 명태잡이를 마치고 저녁 무렵 귀항하면 부두에는 무사귀환의 기도와 만선의 기대를 가슴에 담았던 사람들이 뱃사람들을 반긴다.

저녁 어스름 빛에 귀항한 남편들은 겨울삭풍을 걸친 채로 선창가 대폿집에 들러 거나해져서야 귀가하곤 하였다. 바닷가 포구에는 대폿집이 많았는데, 해풍과 함께 주름살갗 거칠어진 나이든 주모의 모습은 고행 같은 삶의 속살을 그대로 보여주는 것 같았다. 어부들은 죽음으로 풍랑에 맞서며 힘겨웠던 두려움과 고단함을 술로 달래며 사나이들의 무용담을 풀어내야 잠들 수 있는 것이었다.

아낙들은 헝클어진 낚싯줄 상자를 집에 가져가 식구들과 헝클어진 줄을 풀어내고 꽁치미끼를 다시 꿰어 가지런히 상자에 담는다. 그 작업은 방바닥에 쭈그리고 앉아 호롱불 아래서 거의 밤새워 하게 되는데, 무릎이며 허리의 뼈마디가 쑤시는 참으로 고통스런 일이다. 새벽이면 남편은 가족들의 희망과 고행으로 가지런히 정리한 낚싯줄 상자를 메고 또다시 바다로 성큼 들어서는 것이다.

바다의 사람들은 삶을 기약하지 않았다. 아니 기약할 수가 없었다. 그들은 저축하지 않았다. 저축은 내일을 기약할 수 있는 사람들이 하는 일이므로.

오늘 내가 생환할 수 있을까? 크지도 않은 배에 기상장비도 변변히 없었던 시절, 출항하여 태풍을 만나면 죽음으로 이어질 때도 많았다. 항구에 다 다다라서도 풍랑에 뒤집히는 배를 바라보아야 하는 가족들의 망연함이란!

바닷가를 떠나 농촌지역에 살면서 서로 다른 점을 느낀다. 농사農事는 씨앗을 뿌려 여름에 가꾸면 가을에 수확을 가늠할 수 있지만, 어사漁事는 출항하면서 어획을 가늠할 수 없지 않은가? 선창가 대폿집과 농촌의 대폿집도 '내일에 대한 기약'에서 다르지 않을까…

40여 년 전 소년의 눈에 비친 선창의 풍경도 이제는 많이 변했으리라.

동녘 포구

동녘으로 가면
아기 손바닥 같은 어린 포구마다
순교하는 바다가 있다.
누구를 구원하려 했을까
바다를 향했으므로 더욱 거룩한
오징어들이 십자가에 먼저 순교한다.

후--욱 바람에 실려 오는 갯내음
오랜 세월, 포구의 내상內傷 탓이리라

사내들이 휘몰아온 그물에서 꼼짝없이
결박당한 고기들을 떼어내는
아낙들의 표정이 고기의 죽음을
인간의 삶으로 이식하는 의식인 듯
단호하고도 경건하다
생애의 가장 절박한 몸부림으로 버텼을
고기들의 애절한 죽음만큼
그녀들은 생애에서 떼어내고 싶은

절박한 무언가는 없을까
바다와 마주하면 삶과 죽음이
겨우 한 뼘,
순간임을 본능으로 터득한
어부들은 미래를 기약하지 않는다.
바다에 나서면
누구도 귀항을 약속할 수 없으므로

바다에서 순교하듯 생을 마감한
어부들의 꿈도 맴도는
작은 포구,
아직도 허기진 듯
바다는 떠나지 않고 있다.

– 「시평」 2008. 가을호

갓바위 부처

　새해 들어 처음으로 갓바위에 올랐다. 정월 중순 차가운 산바람의 볼 시린 추위에도 갓바위 오르는 돌계단엔 사람들로 붐빈다. 기도하는 사람들로 늘 북적이는 갓바위는 대구의 주산主山인 팔공산의 동쪽 끝자락 봉우리를 말하는데, 그곳에는 판석板石같은 돌갓을 머리에 쓴 풍채 좋으신 부처가 가부좌를 틀고 동남의 먼 바다 쪽을 바라보고 있다.

　사람들은 어떤 기도를 마음에 담고 이곳을 찾을까? 우리는 참으로 많은 소망을 안고 살아간다. 가족의 건강, 사업의 번창, 자녀의 학업, 재물 운세, 사랑의 성취… 누구나 지성으로 기도하면 평생에 한번은 소원을 들어준다는 효험의 명성 때문에 갓바위에는 전국에서 사람들이 모인다.

　어느 글에선가 우리나라에서 종교가 번성하는 것은 우리 민족의 의식구조 속에 넓고 깊게 자리한 기복의식祈福意識 때문이라는 내용을 읽은 적이 있다. 종교마다 교리가 다르고 자신들의 종교는 기복적이 아니라고 하지만 기복의 마음은 우리의 정서라는 것이다. 부처 앞에 엎드려 지성으로 절하는 사람들 틈에서 합장삼배를 하고 저만큼 떠올라 산하를

신비스럽게 비추는 햇살을 안고 산을 내려온다.

갓바위의 초입인 선본사 입구에서 이웃인 경석이네 부모를 만났다. 경석이의 대학입학 논술고사 기도를 드리러 왔단다. 나에게 무슨 기도를 하러 왔냐고 묻는다. 특별히 무슨 기도를 가지고 온 것은 아닌데, 무엇을 빌었어야만 했던 것 같은 생각이 든다. 한 가지 소원만 기도하면 다른 소원들이 소중하지 않은 것 같아 마음에 걸리고 모든 것을 소망하면 소망들이 연기처럼 흩어져 버릴 것 같아 마음이 쓰이곤 하였다. 시험에 덕담을 건네고는 나는 선본사로 향한다.

선본사의 선방 마루에 앉아 잠시 옛 생각을 들추어 본다. 청년시절에 삶과 세상을 통찰할 수 있는 법문을 들을 것 같아 몇몇이 어울려 절을 찾았었다. 우리는 복을 기도하며 살지만 복을 빌면 무슨 소용일까? 어차피 인과응보因果應報가 아닌가. 악행惡行으로 살면서 선과善果를 기도하면 이루어질까?

세상의 사람 사는 모습들을 보노라면 선과 악을 가늠하기가 어려운 일들이 참으로 많다. 부자이면서도 부모와 형제를 돌보지 않는 사람이 있는가 하면 넉넉하지 않아도 부모형제와 함께 나누려는 사람도 있다. 직장에서도 술수와 부정한 방법으로 처세하며 잘 나가는 사람이 있는가 하면 정직하고 바른 마음으로 살면서 자기이익보다 남을 배려하는 사람도 있다.

선행이 좋은 결과만을 낳으면 좋을 텐데 우리는 선행에도 악과로 돌아오는 일들을 본다. 어려운 친구에게 돈을 빌려 주고 사기를 당하는 일, 믿었던 사람에게 배신을 당하는 일, 따뜻하게 배려해 준 고마운 사람을 자신의 목적을 위해 이용하는 일… 그렇다 보니 부정으로 부유하게 사는 사람이나 권모술수로 권세의 자리에 오르는 사람처럼 올바르지 않아도 잘 사는 사람들을 주변에서 볼 수 있는 것이다.

법문하시던 한 스님은 그런 세상이기 때문에 욕심을 버리고 자유로워져야 한다고 하였었다. 재물의 욕심도 명예의 욕심도 버려야 한다고 했다.

그 때에도 그 말씀을 새기기가 너무 버거웠는데, 살면서 보니 정말 버겁게 느껴질 때가 많았다. 처자식 거두고 남부럽지 않게 살려면 재물도 좀 있어야 하고 직장에서 높은 자리로 승진도 해야 하는데, 어떻게 물욕과 명예욕을 버릴 수 있을까? 스님은 출가하여 홀몸 하나 불도를 이루시면 되지만 속인들은 스님처럼 살 수 없지 않은가?

스님이 속세를 좀 헤아려서 올바른 방법으로 재물을 쌓고 명예도 얻을 수 있는 지혜를 주시면 좋을 텐데 하는 생각이 들기도 하였던 것이다.

산사山寺를 내려가는 발걸음이 한결 가벼워야 할 텐데, 오히려 오를 때보다 무겁다는 느낌이 들 때가 많았다. 속세의 번민을 한 줌도 덜지 못하고 세속의 욕심을 버리지 못하고 있다는 자책의 무게만 더하는 것이다. 속세의 사람에게 해탈의 세계로 올라오라 하지 말고 불도佛道의 스님들이 속세의 낮은 곳으로 내려오는 방법도 있지 않을까?

그런데, 다시 생각을 가다듬어 보니 내 생각이 참 부질없다. 스님들이 탈속하여 치열하게 틀고 있는 법열의 세계를 내가 어찌 짐작할 수 있으랴! 불교의 이치를 한 올도 제대로 모르면서 생각만 움트니 빈 그릇에 소리만 요란한 것 같다는 생각에 자조하는 웃음이 나온다. 기도하는 것은 꼭 무슨 복을 달라는 것이 아니라 내 마음을 잘 다스리도록 자신에게 대한 약속을 다지는 것일 수도 있지 않은가.

의심과 혼란의 시간에 빛나는 것은 원칙에 대한 믿음이이다. 사실 의심이 없으면 믿음도 필요가 없는 것이다. 콩 심은데 콩 나고 팥 심은데 팥 난다고 하지 않았나. 선행에는 선과가 열릴 것이라는 믿음, 그 것이 옳다는 믿음, 작은 시냇물은 이런저런 소리로 요란하지만 결국 큰 강물을 이루면 소리 없이도 바다에 이를 것이라는 믿음, 그러한 믿음이 날마다 생겨나는 의심과 번민 속에서 평안에 대한 갈증을 풀어주는 샘과 같은 것이리라.

산자락 주차장에 부산과 울산지방의 버스가 유난히 많은 것은 부처가 바라보는 방향이 동남쪽이기 때문이란다. 무량無量의 대덕大德이신 부처님이 방향으로 중생을 차별하지는 않으실 것 같은데… 과학기술도 발전하였으니 사방으로 돌아보시게 회전의자 같은 좌대에 모실 수도 있겠다는 생각에 설핏 웃음이 나온다.

선본사를 뒤로 하고 갓바위를 다시 바라보면서 무엇을 기도해야 하는지, 무엇을 믿어야 하는지를 추슬러보니 내 안의 무엇이 좀 덜어졌는지 하산의 발걸음이 조금은 가볍다.

–「문학세계」 2007. 5

성전암에서

파계사 뒷산에서
십년이나 숨어있던
젊은 성철이 말한다
산사山寺에 가져온 기도를
버리지 않고는 아무 것도
구할 수 없을 것이다

비우려고 가야 할 길을
채우려고 가는 사람들

작년 초파일에 달았던
암자의 연등빛깔 바래지면
욕심의 빛도 바래질까

- 새한국문학회 「동인시집」 2006. 10

일상을 떠나기

삶은 하나의 여행이다. 다시는 제자리에서 떠나볼 수 없는 길. 어느 젊은이가 관광보다는 여행을 해야 한다기에 의미를 물었더니 관광은 남이 짜준 길은 가는 것이고 여행은 내가 짠 길을 가는 것이란다. 내가 설계한 길에 의미를 담고 떠날 때 자신을 성숙시킬 수 있다고 했던가…

늘 있던 곳을 벗어나서 바라보면 참 새롭다. 이곳 충성대의 캠퍼스도 넓어서 평지에서는 전체를 한눈에 가늠할 수가 없다. 이십 수 년 전에 학교의 남쪽으로 병풍처럼 펼쳐진 금강성 단애斷崖의 봉우리 위에 가 본 적이 있다.

어느 봄날 오후 계곡 길을 따라 단애 위로 올랐는데, 눈앞에 아름답고 기상에 넘친 학교의 전경이 펼쳐졌다. "아, 내가 저 곳에 살고 있구나." 가슴이 벅차오르는 감정을 느꼈었다. 반나절의 짧은 길이었지만 정말 기쁘게 다녀온 큰 여행처럼 느껴졌었고, 그 후에 학부장교들과도 오르곤 했었다.

출장길마저 설레곤 한다. 일상을 떠나는 일이지 않은가? 그해 여름처럼, 온천지 유성의 아이와도 만날 수 있으므로.

달과 포장마차 아이

한낮의 더위를 겪고도
인공의 서늘함은 싫다
온천지 호텔의 창은
깊어진 시간만큼 어두워지지 않는다
이곳에는 밤이 없는 것일까

호텔정원에 나섰을 때
창백한 여러 개의 가로등과
아! 도시의 하늘에서 달을 본다

빌딩 숲도 달을 떠올리고 있었다

찻길만큼 넓은 보도위에
포장마차가 열리고 있다
젊은 부부가 일 톤짜리 낡은 트럭 곁에서
다섯 개 쯤의 간이테이블을 펼치고 있다
스티로폼 박스 속에서
뭔가를 꺼내 다듬는다

아마도 안주일 것이다
숙련된 애주가라면
그 정도는 한눈에 알아채야지 흐흐흐
나는 숙련된 내 눈치에 스스로 흐뭇해한다

열한시의 거리에서 포장마차의 유혹에
기꺼이 나의 밤을 맡긴다
나의 밤은
자정에 기대어 내일로 넘어갈 것이다

찬 소주와 안주 한 접시 주세요
나는 오늘도 밤에서 아침으로 넘게 될
윤기 없는 아주머니의 얼굴을
지나치듯 살펴본다

포장마차는 열렸는데도 길손이 뜸하다
나는 두 번째 테이블에 앉아
주위를 한번 둘러본다
아. 아이가 있었구나
네 살 쯤의 여자아이가
잔디밭 나무사이에 앉아
무언가를 만지작거리고 있다

아주머니 아인가요
네. 계면쩍은 웃음으로 대답한다
아이를 바라본다
한참 만에 얼굴을 든다

웃으면서 손짓을 보낸다
아이는 몸을 움츠리며 쳐다보기만 한다
낯선 이방인을 경계하고 있을 것이다

나는 아이의 엄마에게 말을 건넨다
몇 살이지요
다섯 살이에요
이름은요
그냥 영아라고 불러요
아마도 이름의 끝 자가 영인가 보다

다시 아이에게 손짓을 한다
아이의 얼굴에서
경계의 빛이 엷어지는 것을 본다
엄마하고 아는 사람이니까
적어도 적이 아님을 순수한 아이들은
직감적으로 느낄 것이므로

나는 오라고 손짓한다

아이는 엄마를 또 쳐다본다

엄마가 말없이 웃어준다

아이는 조심스레 다가온다

아이를 안아 올린다

아. 너무 가볍다 너무나 가볍다

이처럼 가벼운 아이를 안아본 기억이 없다

이 아이에겐 무엇이 채워지지 않아

이토록 가벼운 것일까

애도 밤새 같이 있나요

엄마가 고개만 끄떡인다

잠이 들면 어떡하지요

엄마는 낡은 일 톤 트럭의 운전석을 가르킨다

몇 살이니

아이는 손가락 다섯 개를 펴 보인다

이름은 뭐니

말이 없다

왜 어른들은 아이들을 만나면

첫 마디에 나이나 이름밖에 묻지 못하는 것일까

어른이 되면 진화가 멈추는 것이겠지

아찌가 노래 불러 줄까
아이가 고개를 끄떡인다

낮에 놀다 두고 온 나뭇잎 배는
엄마 품에 누워도 생각이 나요
푸른 달과 흰 구름 둥실 떠간다

아찌가 영아 친구할까
아이가 웃는다
아이의 머리칼을 쓸어 올려준다
그럼 영아가 노래 하나 불러 볼까
아이는 고개를 젓는다
아찌가 또 부를까
고개를 끄떡인다

우리들 마음에 빛이 있다면
여름엔 여름엔 파랄 것이다

달님 이 아이의 가슴에도
고운 빛깔을 가득 담아주세요
파아란 빛으로 곱게 담아주세요

달빛 어린 술잔으로 자정을 마신다
길손들이 세 개의 테이블을 점령했다
옆 테이블의 남녀는
낮은 목소리로 노래를 만드는 사람과
노래를 들어주는 아이를 힐끗 쳐다본다
나는 아이를 위해
내가 불러줄 수 있는 노래가
손가락 열개도 다 채울 수 없는
만큼이라는 사실을 알고 잠시 서글퍼진다

그 사실을 발견할 때까지 아이는
나의 무릎 위에서 내 코며 귀,
얼굴 여기저기를 만져보며
눈이 마주칠 때면
작고 가지런한 이를 보이며 웃곤 한다

영아가 몇 살인가 한번 세어보자
아이는 주먹을 쥔다
내가 손가락 하나씩 톡 건드리면
아이는 손가락을 하나씩 편다
아이는 순수하다
보고 싶어 하는 만큼 보아주는 만큼

보여주는 것이다
자연이 늘 그렇듯이

나는 결국 아이의 이야기는
한마디도 듣지 못한다
아이는 표정과 눈빛과 웃음과
고개를 끄떡이고 젓는 것만으로
자기를 표현한다
그럼에도 답답하지 않다
오히려 노련한 말보다
더 선명하게 소망들이 밀려온다
인간의 언어란 얼마나 열등한 것인가

아이 때문에 방해가 되서 어떡하지요
아이의 엄마가
테이블 사이를 오가며 또 말한다
아이는 엄마를 보며 웃는다
아이의 엄마는 알고 있을까
나와 아이에게는
새로운 하나의 세계가
형성되어 있다는 것을

모든 인간의 세계란 하나씩의 밭이다
뿌리고 가꾸는 대로
꽃과 열매로 답하는 삶터이다

밤은 아직 더딘데 시간만 깊어진다
나를 기다리는 일들이 줄지어 선
내일이 문득 다가온다
그렇지,
늘 현실은 부르지 않아도 다가왔지

아찌 가야하는데 어떡하지
아이의 표정에 어두움이 스친다
내일 다시 오겠노라는 약속을 줄 수 없다
그것은 거짓이 되므로

아이와 서로 손을 흔들고 돌아섰다
마지막에 토닥거려 준 몇 마디의 말에
아이는 위안을 받았을까
아이는 느끼고 있을지도 모른다
이별을 위한 어떤 위안도
이별의 무게보다 가볍다는 것을
호텔정문에 이르러 돌아보았다

아이는 이쪽을 바라보고 있다

아주 조그마한 이별도
가슴에 상처를 남긴다
생명은 상처를 내면서 자라야 하는가

우리들 마음에 빛이 있다면
겨울엔 겨울엔 하얄 것이다

달님 저 아이의 하얀 가슴에
고운 그림을 그려주세요
곱게 곱게 그려주세요

달빛으로 그린 밤
그 사람도 저 달을 보고 있을까

– 대전 유성에서, 1997.

과거와 미래

　가장 나쁜 감정은 지난 일에 대한 자책과 오지도 않은 일에 대한 근심이라고 한다. 자책감인들 갖고 싶어 갖게 되는 감정이겠는가? 어떤 때는 오히려 인간적인 감정처럼 느껴지기도 한다. 후회와 근심도 없는 사람이 사람이랴.

　그런데 너무 자책과 근심에 젖다보면 습관이 되고 중독이 되어 사람을 망치게 하니 그냥 인간적인 면모라고만 이해해 주기도 어려운 노릇이다. 그래서 과거를 추슬러 위로하고 미래는 미래에 맡겨야 하지 않을까?

　일이 잘 되었든 잘못되었든 과거는 흘러갔다. 돌이킬 수도 없다. 잘 된 일에 대한 보람도 있고 잘못된 일에 대한 후회도 짙게 남아있다. "그때 그렇게 했어야 했는데…" 일이 다 끝나고 보니 잘잘못이 눈에 보이는 것이지 일이 진행되는 동안에는 사실상 결과를 예단할 수 없는 노릇이다.

　2008년 북경 올림픽에서 우리 야구팀은 9전 전승으로 우승을 했다. 쿠바와의 결승전, 9회말 1사 만루의 위기에서 김경문 감독은 잘 던지던 유현진 투수를 내려오게 하고 정대현을 마운드에 올렸다. 포수도 퇴장당한 강민호 대신 진갑용을 투입했다. 그리고 더블 플레이로 쿠바를 3대2로 이겼다. 그날 8월 23일 우리는 얼마나 열광하였던가.

우리는 '투수교체를 잘했다'라고 찬사를 보냈다. 그러나 만약 쿠바에게 안타를 허용하여 역전패를 당했다면 어땠을까? 그러면 그랬을지 모른다. "그냥 유현진에게 던지게 했어야 했는데, 투수교체가 잘못된 거야."

인생의 일들도 대개 그렇다. 언제나 무언가를 결정해야 할 기로에 서 있는데, 어느 길이 좋은지 선명하게 보이지 않는다. 그래도 선택을 해야 한다. 의식적이든 무의식적이든 선택을 하고 살아왔는데, 어떤 선택은 결과가 좋기도 하고 어떤 선택은 결과가 좋지 않기도 하였다.

잘 되었든 잘못되었든 그 때의 상황에서는 그 선택이 최선이라고 생각했을 것이다. 설령 최선이 아니라는 것을 알면서도 아마도 그럴 수밖에 없었을 것이다. 다만 앞으로는 좀 더 진지하게 정황을 살펴서 결정하자. 그렇게 생각하면 과거가 좀 위로를 받지 않을까?

미래는 준비는 성실히 하되 성사는 미래에게 맡기자. 걱정한다고 미래가 오지 않는 것도 아니고 일이 잘 풀리는 것도 아닌 것 같다. 어느 글인가 재미있는 비유가 있었다. '과거는 지급기한이 지난 수표이고 미래는 받게 될지 알 수도 없는 약속어음일 뿐, 현재야말로 확실한 현찰'이다.

근육파열

　부서지는 소리를 들었다 언제나 웃으면 웃음인 줄 알았다 빛과 어둠이 함께 있는 이 세상의 진실을 아는 척만 하고 살았던 어설픔 그래 태연한 것과 그런 척은 다른 거야 어떤 때는 한 조각 웃음을 위하여 셀 수 없는 많은 눈물이 필요했는지 몰라 봄볕 언덕에서 이름 모를 들풀 새싹 하나를 그 많은 땅들이 힘껏 밀어 올리고 있었잖아 병원 흰 베드에 누워보고 싶다는 낭만적인 욕망이 나에게도 숨어있다는 사실을 그 존재의 엄연함에도 불구하고 나는 알아채지 못 했어 아마도 부서지는 척하고 싶었던 것일까 내가 한 일이 뭐가 그리 대단했다구　고작 여느 때처럼 방망이 공 때리는 소리에 써드 베이스에서 홈으로 힘껏 달렸을 뿐인데, 정강이 뒤를 후리는 순간의 아픔 누구야 돌 던진 놈이.

　밤을 지내고서야 두리번거리며 슬그머니 나타난 피멍이 근육이 어떻게 되었고 하는 결정적인 단서가 된다고 했다 그렇구나 그 사람들도 단서가 없이는 범행을 단정하지 못하는군 흔히 일어난 일을 알게 되는 것은 일어난 것보다 늦으므로, 정연한 질서가 힘겨우면 부서지는 것이다 피멍을 단서로 지목한 흰 가운이 별것 아니라고 툭 던질 때도 석고 붕대를 감을 때도 부축막대를 짚을 때도 젊고 정연한 근육이 나에게서 힘겨워했다는 현실을 회의했다 자신했던 만큼 회의했다 빛과 어둠의 깊이가 같듯이, 그날처럼 달릴 수 없을지 모른다는 느낌 누군가의 앞에서 그날처럼 달릴 수 없을지 모른다는…

-「문학세계」2007. 5월호

마지막 인상

첫 인상이 중요하다고 한다. 모든 만남에는 시작과 끝이 있게 마련인데, 첫 만남에서의 인상은 사진의 원판처럼 고정화되어 그 후의 관계에 큰 영향을 미치므로 첫 인상이 중요하다고 하는 것이리라.

사실 우리들의 일상의 경험에서 보아도, 처음 만남에서 인상을 좋게 받은 사람에게는 계속 호감을 갖게 되고 좋지 않은 인상을 받은 사람은 꺼리는 경향이 있다.

인상을 갖게 되는 대상이 어디 사람뿐이랴. 처음 방문한 도시에 대하여, 처음 출근한 직장에 대하여, 처음 먹어본 음식에 대하여, 처음 사용한 물건에 대하여 어떤 형태이든 인상을 갖게 되는 것이다. 그러나 우리의 삶에 깊은 영향을 주는 것은 역시 사람에 대한 인상이다.

그렇다면 첫 인상은 모두 정확한 것일까? 아마도 장담할 수 없으리라. 첫 인상도 만남의 시간이 지나면서 변하는 경우가 많기 때문이다. 첫 인상은 좋았으나 점점 나빠지기도 하고 그 반대인 경우도 있다. 진실한 사람인줄 알았는데 나중에 보니 거짓말쟁이고, 배려심이 많은 사람인줄 알았는데 이기적인 사람이고… 그래서 믿는 도끼에 발등을 찍히고 열

길 물속은 알아도 한 길 사람 속은 모른다고 하였나보다.

사업을 하며 사람 때문에 낭패를 경험했던 한 친구는 첫 인상이 좋은 사람을 오히려 경계하게 된다고 한다. 남을 속여 이득을 보려는 사람들은 첫 인상을 좋게 한다고 믿게 된 그 친구의 말을 들으면 묘한 혼란이 일어난다. 그렇다고 일부러 인상을 나쁘게 할 수도 없는 일 아닌가.

그럼에도 불구하고 첫 인상이 중요하다는 생각을 쉽게 떨쳐 버릴 수 없다. 바쁜 현대사회의 생활에서 자주 만날 수 있는 관계가 아니면 사람들을 충분히 알고 판단할 만큼 우리의 시간이 여유롭지 못하다. 사람을 충분히 겪어볼 수 있는 시간과 경험의 여유가 있으면, 우리 사회에서 사기나 배신을 당해서 마음고생을 겪는 일들이 훨씬 줄어들 것이다.

그리고 사람이란 한 번 가진 인상에 대해 자꾸 그런 쪽으로 이미지를 강화하려는 성향이 있는 것 같다. 예쁜 며느리는 발뒤꿈치도 예쁘게 보인다고 했던가… 인상이 한번 마음에 자리하면 터줏대감처럼 쉽게 자리를 내주지 않는 것이다.

그렇듯 첫 인상이 중요하다는 것을 인정하면서도 왠지 첫 인상에만 너무 무게를 두는 데에는 주저하게 된다. 첫 인상이 있다면 마지막 인상도 있지 않을까… 마지막 인상은 어떨까. 첫 인상에 대한 얘기를 들을 때면 '처음'과 '끝'을 생각하게 된다. 우리는 흔히 '끝이 좋아야 한다.'라고 말한다.

우수하게 입학했지만 좋지 않은 성적으로 졸업하는 학생,

매스컴에 떠들썩하며 결혼했지만 몇 년 지나지도 않아서 파경을 맞이하는 사람들, 젊어서 잘 나가던 사람이 생활 관리를 잘못하여 불행한 노년을 보내는 사람들을 본다. 처음보다 끝이 안 좋은 것이다.

그렇지만 처음 볼 땐 별로였는데 시간이 지날수록 진국인 사람이나 젊어서는 행실이 좋지 않고 고생하며 살았지만 늙어서는 바르고 여유롭게 사는 인생은 아름답게 보인다.

'삶의 마지막 인상'을 위해서는 자만하지 않게 살아야 할 것 같다. 가령 결혼이 그렇지 않을까. 결혼하며 끝을 나쁘게 하려고 한 사람이야 있겠느냐마는 불같은 사랑으로 화려한 시작을 하였지만 오래지 않아 파경에 이르는 경우들을 보면 더욱 자만심에 대한 경계를 생각하게 되는 것이다.

결혼식이란 사랑의 꽃을 피워 열매를 맺는 의식이 아니라 사랑의 씨앗을 이제 겨우 심는 의식이다. 씨앗이 꽃을 피우고 열매를 맺기까지는 비바람이나 가뭄과 같은 여러 시련들을 이겨내야 하듯이, 결혼하여 노년까지 가정을 잘 유지하여 아름답게 끝매듭을 짓기 위해서는 서로에게 용기를 주며 어려움을 인내하고 시련들을 슬기롭게 극복해 나가야만 하는 것이다.

요즈음 세태의 한 면을 보면, 결혼에 골인한 것을 마치 사랑의 꽃을 다 피운 것처럼 여기니까 몇 년 안가 시들어버리고 헤어지는 사람이 많아지는 것은 아닐까.

천생연분이란 결혼에 골인해서가 아니라 서로 사랑과 믿음을 쌓아서 노년이 되었을 때 비로소 웃으며 말할 수 있는 것이라는 생각에 닿으면, '운명적인 사랑이란 처음 만났을 때 이루어지는 것이 아니라 모든 것을 이겨내고 지켜내었을 때 비로소 운명적인 사랑이 되는 것'이라는 영화 〈너는 내 운명〉을 만든 박진표 감독의 말이 연상된다.

시작이 좋고 끝도 좋으면 가장 좋겠지만 현실적으로 그런 경우가 많지 않은 것 같다. 시작은 여러 사정으로 다르더라도 끝매듭을 잘 짓도록 살아야 한다는 여러 선현들의 충고에 마음의 귀를 기울이게 되는 것이다.

우리가 만나는 삶의 현실에서 첫 인상이 나쁠 필요는 없다. 첫 인상이 좋은 것은 바람직한 일이다. 할 수 있다면 좋은 첫 인상으로 시작하고, 아울러 마지막 인상에 대해서도 관심을 충분히 가지면 좋겠다.

입학보다는 졸업할 때, 모임의 시작보다는 끝날 때, 여행을 떠날 때보다 돌아올 때, 음식의 첫맛보다 다 먹은 후의 뒷맛이, 앞모습보다 뒷모습이, 인생의 출발점보다 종착점이 중요한 것처럼 모든 일들의 끝매듭이 아름다워야 한다는 생각을 다듬으며 꽃망울 보송한 봄날 연구실 앞뜰의 오후를 거닌다.

풀꽃

그리움이 있다면
그리워할 대로 다 그리워한 뒤에도
솟아나는 그리움이 있다면
가슴속에서만 흐르게 하자
그래도 다시 솟는 그리움이 있다면
눈물로 흐르게 하자
눈물로 흐른 뒤에도
남아있는 그리움이 있다면
봄날 오후의 언덕에
풀꽃 한 송이 피우자
풀꽃으로 숨어 피다가
우연처럼 그대 눈길 닿으면
그리움에 지친 색깔 감추고
작은 떨림으로 웃음 짓자
그리움으로 왔던 먼 길
돌아갈 수 없어
산모퉁이 한 켠에서
머물러 있었노라고.

웰 다잉

메일을 매일 보내주는 예비역 장군이신 지인 한 분이 있다. 어느 날의 메일에는 사람이 죽을 때가 되면 일생을 회고하면서 후회하게 된다는 세 가지에 관한 내용이 있었다.

첫째는 '베풀지 못한 것에 대한 후회'란다. 가난하게 산 사람이든 부유하게 산 사람이든 "형제와 이웃과 좀 더 나누고 베풀 수 있었는데…" 이런 생각이 자꾸 난다고 한다.

둘째는 '참지 못한 것에 대한 후회'라고 한다. "그때 내가 조금만 참았더라면 내 인생이 좀 달라졌을 텐데." 참지 못해서 그르친 일들에 대한 후회가 많다는 것이다.

셋째는 '좀 더 즐겁고 행복하게 살지 못한 후회'라고 한다. "왜 그렇게 빡빡하고 짜증스럽게 걱정 속에만 살았던가? 훨씬 재미있게 살 수 있었는데…" 자기로 인해 다른 사람들을 힘들게 한 것에 대해서도 많이 후회한다고 한다.

생을 마감할 때가 되어 돌이켜 보면 후회스러운 일들이 그 뿐이겠는가? 나는 내 인생을 어떻게 회고하게 될까? 생의 마지막을 미리 헤아려 후회스러운 일들을 줄이며 산다면 그 것이 웰 다잉well-dying이 아닐까.

Good bye 쓸개

1. 떠나보내기

친숙한 것 하나를 떠나보내기 위해
낯선 많은 것들이 들어왔다
내 몸을 관통하던 빛과 함께
중년을 툭 치며 스쳐가는 기억들

언제였지?
질서가 너무 정연하면 무너지듯
나의 튼튼하던 다리근육이 파열되어
부축막대를 잡고 다니던 때가…
그 때는 뭔가가 떠나가지는 않았다

녀석인들 떠나고 싶었을까
쏘리 앤 굿 바이 쓸개!

2. 떠올리기

의식이 성스럽게 치러 질 때
보내는 일은 더욱 경건해진다
경건할수록 단단해지는 고통의 견딤

빛들은 몸을 샅샅이 훑어가고
액체들은 스며들어
내 속살의 역사를 구석구석 들추어내면
유폐의 기억들은 전리품처럼
거부할 수 없이 영상에 떠오르겠지
고2때 학교 뒷담에 기대어 피웠던 담배연기며
봉급 털어가며 결판졌던 골목집의 분 냄새며,

아, 그런 것도 떠오를 수 있겠네
설렘이며, 두려움이며, 사랑이며, 자만심이며.

3. 서투름

둘러보면 여기저기 서툰 일들

하루마다 작은 헤어짐을 연습하고도

이별은 늘 서툴러서

생애 처음으로 나를 떠난 쓸개에게

제대로 위안을 말한 것 같지 않다

주사바늘에 찔리는 일은

반복과 백의의 위안에도

어둡고 낯선 카페를 처음 들어서듯

늘 서툴고,

그랬지

어떤 아름다움을 말할 때도 서툴러

가끔씩은 침묵으로 말하는 것이 좋겠다

4. 보듬기

아픈 것들도 생의 일부가 된다
떠난 사랑도 무심히 들어선 오후의 숲길
나뭇잎 사이 햇빛처럼 어느 날엔 반짝이고
빛은 어둠이 있어야 나에게 오듯이
보듬으면
한 생이 되는 것들이 있다

보내야만 알게 되는 존재의 고귀함,
삶이 한 곡의 노래가 된다면
음률을 북돋우는 추임새처럼
먼 후일에
2008년 하양 은호리의 8월은
내 생애, 중년 언덕의
한 추임새이면 좋겠다

두 갈래의 길

정말 두렵고도 마음의 뭔가가 확 트이는 메시지를 만났다. 어느 글이었나. 한 톨 씨앗이 던져진 듯이 스치듯 읽고 지나갔는데, 몇 달이나 지난 후부터 점점 뿌리가 자라 마음의 뜰에 번졌다.

너의 전생前生을 알고 싶은가?
그러면 너의 현생現生을 보라.

너의 내생來生을 알고 싶은가?
그러면 너의 현생現生을 보라.

인생행로에는 두 갈래의 길 방향이 있다고 한다.

하나는 '남을 인정하지도 않고 나를 키우지도 않는 길'인데 그 길에서는 후회, 부정, 질투, 과시, 결핍감 등을 만나게 된다고 한다. 다른 한 길은 '남을 인정하고 나를 키우는 길'인데 자긍심, 긍정, 성취, 나눔, 충족감 등이 길손을 반긴다고 한다.

아마도 우리는 그 두 길 사이의 많은 갈래 중에서 어느 길인가를 가고 있을 것이다.

오래된 비늘

생선회 썰듯 이른 아침부터 산자락을
가지런히 썰어가던 햇살도
바다에 닿으면 휩쓸려가 버리고
그녀의 가슴을 속부터 발라내던
긴 세월의 아픈 기억들이
깊고 어지러운 주름으로 남았다

너무 부지런히 살아서
게으르게 산 것보다
더 스산하게 부서진 생애를 돌아보며
그녀는 더 이상
딸에게조차 할 말을 잊었다
그녀의 가슴 속에 숭숭 길을 내던
사내가 죽었는데도
길은 왜 안 멈추는 거야
따가운 햇볕이 잊지도 않고 날마다
들러 가는 한낮의 모래밭처럼
부스스 밀도 없는 얼굴
작은 포구, 주막의
막걸리에 취한 노래도 잦아들고

그 많은 밤에도
아직 어둠이 익숙하지 않은 듯
쉽게 잠들지 못한 바닷가의 잔물결들이
밤의 모퉁이에서 찰랑거리며
그녀의 밤을 지켜내고 있다

거친 바람에 길들여진 갈대의 살갗이
더욱 거센 바람에도
익숙해 질 수 있는 아픈 방법은
살갗이 더 거칠어가는 것이듯
그녀의 모진 인생은
더 모진 운명에 처함으로써
생명력을 이어왔다

수족관의 고기들은
닳아가는 비늘의 윤기만큼
유년의 바다, 그리운 추억에서 멀어지고
그녀의 생애에서 빛바랜 비늘들
이제는 더 이상 미련두지 않겠다며
남은 걱정 하나는
너무 천천히 죽어가는 것

– 새한국문학회 「동인시집」 2006. 10

속박과 자유

에릭 프롬의 「자유로부터의 도피」Escape from freedom는 제목부터 나를 혼란스럽게 했다. 속박에서 자유로 탈출해야지 자유로부터 어디로 도피를 한다는 말인가?

무엇인가에 속박되어 있을 때 벗어나고 싶은 욕구만큼 나를 잡아줄 무언가에 종속되어 있을 때 오히려 평안해지는 사람의 심리를 읽어낸 프롬은 삶의 한 면만을 추구할 뻔했던 나에게 인식의 새로운 이정표를 주었다.

중대훈련을 나가면 소대장은 중대장의 통제에 갑갑할 때도 있다. "내가 중대장이라면 소대장에게 과감하게 맡길 텐데…" 그러다가 소대 단독훈련을 나갔다. "와우, 이젠 내 뜻대로 훈련할 있겠다!" 비가 내리기 시작한다. 훈련은 어떻게 하고 어디에 숙영할 것인가? 다친 병사가 생겼다. 훈련에서 열외시켜야 하나? 기댈 데가 없다. 모두 소대장인 내가 결정해야 한다. 밀려오는 책임감. 중대장님이 계셨으면 지시대로 하면 되는데… 아! 그래서 정상은 고독한 것이구나.

자유는 누릴 능력이 있는 사람에게만 가치가 있는 것이다. 자유를 감당할 수 없는 사람에게 주어지는 자유는 그를 자유의 불안 속으로 빠지게 하여 자칫하면 본능이 지배하는 늪으로 끌고 간다. 1960년대 어느 혼인빙자에 관한 사건의 판결에서 본인이 지키려 하지 않는 정조는 법도 지켜줄 수 없다고 했던가?

　자유를 감당할 능력이 있는가를 알기 위한 하나의 방법이 있다. 넉넉한 자유 시간을 주어보는 일이다. 직장의 엄격한 규율 등으로 통제된 생활을 하는 사람들은 주말이나 휴가와 같은 자유로운 시간을 더욱 갈망하게 된다.

　열흘의 시간이 주어졌다. 자유의 시간을 준비한 사람은 시간을 충실하게 쓰며 기쁨과 성취를 얻지만 자유를 갈망만 했지 어떻게 누릴 것인가를 대비하지 않은 사람은 이정표가 없는 자유시간이 불안해지기 시작한다. 내가 나를 주체적으로 이끌어갈 수 없는 것이다.

　왕권정치와 신분적 위계사회의 규범에 적응되었던 독일 국민이 자유민주적인 바이마르 헌법이 제정되고 스스로 삶의 문제를 결정해야 했을 때, 가치의 공백과 혼돈 속에서 그들을 구원한 것은 히틀러였다. 자유에서 다시 속박으로 도피한 것이다. 괴테와 베토벤을 낳은 독일국민, 그들이 히틀러에게로 도피한 결과는 2차 세계대전의 참상에서 잘 볼 수 있다. 프롬의 통찰에 감사한다.

꿈, 어떤 오후

추운 겨울을 예고하듯 올 여름은
몹시 덥다 세상의 모든 것은
짝을 이루어야 하므로

창을 열어두면 겨울이 오기 전에
가을이 먼저 올 것이다 가을 없이
겨울은 계절의 길을 모른다
가을은
풀벌레소리 낙엽의 빛깔도
나의 방으로 실어 나를 것이다

열린 창으로 꿈이 왔다
가을이 오기 전인데도 한 사람이
먼저 꿈을 열고 왔다
그녀가 겨울의 언덕에서 넘어진다
그녀의 무릎에 피가 흐른다 나는
짐승처럼 핥는다
눈밭은 꽃이 된다

그녀가 눈꽃처럼 웃었을 때

나는 오후로 돌아왔다 아 그렇지

꿈의 이편에는 현실이 있었지

세상의 모든 것은 짝을 이루어야 하므로

생애 처음으로 오후의 낮잠에 감사했다

창을 열어둔 채로 가을로 떠나야겠다.

두 개의 점

임관을 몇 달 앞둔 연말 어느 날이었다. "토요일에 약속 있어?" 저녁을 사겠다는 한 동기생과 토요일 저녁을 보내게 되었다. 1975년 무렵의 용산역은 화물만 취급하는 역이었는데 역 부근은 홍등가와 쪽방 같은 작은 판잣집으로 이루어진 남루한 골목들이 있었다.

그 골목에 간판도 없고 나무문짝도 제대로 맞지 않는 허름한 작은 식당에 동기생을 따라 들어서면서 근사한 저녁에 대한 나의 달콤한 기대는 물거품이 되었다. 땟물이 얼룩덜룩 짙게 밴 탁자며 퀴퀴한 냄새가 가득 배어있는 식당에서 얼른 나오고 싶었었다.

메뉴는 한 가지였다. 백반정식. 가격은 50원인가 100원쯤으로 기억하는데 당시의 일반식당 백반정식 가격의 몇 분의 일 수준이었다. 두 사람인가 식사를 하고 있었는데 거의 걸인 행색이었다.

할머니가 내온 정식은 푸스스한 보리밥 한 그릇과 콩나물 몇 개 담긴 소금국, 그리고 짜디짠 무김치 몇 조각이었다. 내키지 않았지만 씹지는 못하고 억지로 몇 술 밀어 넣어 삼켰다. 무슨 뜻이 있겠지… 생각하면서도 묻지는 않았다.

"식사 어땠어? 차나 한잔 하지?" 답변을 머뭇거리는 나를 택시에 태운 그는 당시 서울에서 유일한 특급호텔이던 명동의 조선호텔 ─ 그때 나는 처음 가보았다 ─ 로 갔다. 커피숍에서 저녁식사 값보다 몇 배나 비싼 커피를 마시며 친구가 나에게 들려준 이야기는 대충 이러한 것이었다.

파우스트를 쓴 독일의 대시인 괴테의 청년시절 스승은 어느 날 당시 독일에서 가장 화려했던 궁중무도회에 괴테를 데려갔다. 아름다운 귀족 아가씨들과 흥겨운 무도회에서 괴테는 술에 만취하게 되었는데, 아침에서야 가장 남루한 사창가에서 잠을 자고 있는 자신을 발견한다.

괴테는 자신을 그렇게 만든 스승의 처사를 도무지 이해할 수 없었다. 며칠을 고민한 끝에 찾아간 괴테에게 스승은 종이를 펼치고 맨 위와 맨 아래에 점 두개를 찍었다. 그 의미를 잘 모르겠다는 괴테에게 스승은 두 개의 점을 이어 보라고 했다.

괴테는 점을 잇는 순간 깨달았다. 나에게 우리 사회의 양극단의 두 개의 모습을 보여준 것이다. 그리고 그 사이의 어떤 모습들이 존재할지를 생각해보라는 의미였던 것이다.

그 친구는 높은 곳을 향하더라도 낮은 곳을 잊으면 안 된다는 마음가짐을 가져야 한다고 했다. 왜 세월이 훌쩍 지나서야 그 친구의 이야기가 새삼 떠오르는 것일까? 돌이켜 보니 사람들을 존중하고 이해해야 한다는 생각은 하였지만, 제대로 실천하지 못한 일들 투성이다.

출장길에 기차로 서울을 오가면서 지금은 현대식으로 단장된 용산역을 지나면 푸스스한 보리밥과 두 개의 점이 생각나곤 하는 것이다. 나보다 성숙했던 그 친구는 그 때의 다짐을 잘 실천하며 살고 있는 것 같아 마음으로 존경심을 갖고 있다.

화이부동 和而不同

.

아주 적은 미련으로
담담하게 생의 마지막을 맞이할 수 있다면
참 좋겠다

하고 싶은 일과 해야만 할 일들이
잘 어우러져
열심히 땀 흘리며 하루씩을 산다면
그래서 마음에 돌탑이 서고
슬쩍 엿보일 수도 있다면

인연이 된 사람들이
서로로 인해 어려움을 당하지 않고
서로의 만남을
행복의 한 이유로 회고할 수 있다면

한 어울림 속에
내 색깔도 채색되어 기쁨이 된다면

그럴 수도 있겠다
욕심을 더 높이지 않아도 되겠다

어떤 길 초대

　나는 지금 당신을 사랑하지 않습니다. 단지 사랑할 수 있게 될 것 같을 뿐입니다. 나는 사랑만으로 만남이 완성된다고 생각하지 않습니다. 그래서 사랑만 있으면 무엇이든 할 수 있다고 생각하지 않습니다. 그러나 사랑 없이도 만남이 완성될 수 있다고는 더욱 생각하지 않습니다.

　당신은 지금 내가 결혼하고 싶은 유일한 사람이 아닙니다. 단지 내가 결혼할 수 있는 아마도 십만 명쯤의 한명이라고 말 할 수 있습니다. 그러나 생애를 마칠 때는 내가 결혼했어야 할 유일한 사람이 되어 있을 것입니다.

　나도 지금은 당신에게 있어서 결혼해야 할 유일한 사람이어야 한다고 기대하지 않겠습니다. 그러나 세월과 함께 유일한 사람이 점점 되어가고 싶습니다. 결혼생활이란 아마도 서로가 결혼할 만한 여러 사람 중의 한 사람으로 출발해서 오직 한 사람이 되어가는 과정이면 좋겠습니다.

　당신은 나에게 있어서 내가 점점 아끼게 될 것 같은 사람, 오직 한 사람으로 되어 갈 것 같은 사람, 나에게 그런 힘을 주면서 서로 노력해 갈 수 있을 것 같은 사람입니다. 사랑의 싹을 꽃으로 피우는 믿음으로 서로가 서로에게 한 사람이 되어가는 길을 함께 걸어가지 않으시겠습니까?

친구에게

인생여정人生旅程,
사랑으로 내딛는 식전을
기쁜 마음으로 축하한다네

홀로 서기에서 함께 서기로

동반의 생애를 하루씩 살아갈수록
행복의 느낌이 더욱 짙어가는
그리고
그대들은 서로가 선택할 수 있었던
유일한 사람이었음을 발견해가는

생애의 모든 구비마다
서로의 안에서 서로를 위하며
서로에게 행운이 되어 주는
그런 여정의 끝에서
함께 만날 수 있게 된다면 참 좋겠네.

영혼이 따라올 시간

스피드가 성공의 잣대로 등장할 만큼 바쁜 세상에서 쉬어 가는 시간이 중요하다. 가령 학습과 경험에 의한 정보는 수면 중에 뇌에서 처리되고 저장된다고 한다. 잠자지 않고 계속 학습만 하는 것은 마치 소화할 틈도 주지 않고 배불리 먹기만 하는 것과 같다. 아무리 밤새워 공부를 해도 잠을 자지 않는다면 뇌에서 제대로 정리도 안 되고 저장되지도 못하는 것이다. 깨어있는 동안의 경험과 학습은 수면을 통해서 완성되는 것이므로 밤새워 공부하는 것은 아주 비효율적인 일이다.

이 내용은 어느 정신과 의사가 쓴 글의 요지인데, 특히 연구하고 가르치는 일을 하는 입장에서 매우 공감하였다.

유럽의 한 탐험가가 남미의 고산지대를 탐험하며 짐을 운반하기 위해 원주민을 고용했다. 산을 한참 올라가고 있었는데 짐을 진 원주민들이 더 이상 가지 않고 멈췄다. 탐험가는 화를 내기도 하고 위협도 하며 재촉했으나 원주민들은 움직이지 않았다.

몇 시간이 흐른 뒤에야 그들은 짐을 지고 움직이기 시작했다. 탐험가가 물었다. "왜 멈추었던 것이오?"; "우리가 쉬지 않고 너무 오래 걸어서 영혼이 따라오지 못해 영혼이 따라오기를 기다렸다오." 원주민의 대답이었다.

삶의 여백이란 인간의 원초적 욕구이며 쉼표가 없는 생이란 결국 잃는 것이 더 많다. 자동차의 제왕이었던 포드는 '일을 모르는 사람은 엔진이 없는 자동차와 같고, 휴식을 모르는 사람은 브레이크 없는 자동차와 같다'고 하였다. 에디슨은 발상의 벽에 부딪히면 해변이나 강가에 나가 낚싯줄을 드리운다고 하였다. 파도와 바람, 그리고 햇볕으로부터 아이디어를 낚을 수 있기 때문이란다.

'회복시간은 창조성과 긴밀하게 연결되어 있다. 음표들 사이에 쉼표가 있어야 음악이 만들어지고 문자들 사이에 공간이 있어야 문장이 만들어지듯이 사랑과 우정, 깊이와 차원이 성장하는 곳이나 일과 일 사이에는 여백의 공간이 필요한 것' 이라는 짐 로허의 명쾌한 비유는 정말 값지고 멋지다.

일을 진정 좋아해서 즐겁게 몰입하는 것은 아름다워 보인다. 그렇지만 강박적으로 일에 집착하여 일에 매달리지 않으면 불안하고 자기 자신은 물론 하급자들에게도 여백의 공간을 주지 못하는 '일 중독workaholic'까지도 아름답다고 말하기는 어려운 것 같다. 특히 직장에서 윗사람의 입장이 되면 유념할 일일 것이다.

야생의 시간

경칩이 지나고도 눈발이 흩날린다
계절은 길을 잃고 나는 마음을 잃는다

바늘에 결박당한 시간이
시간에서 벗어나는 길은
시계의 질서가 고장 나는 일이다
드디어 시간에서 탈출하는 시간!

시간에 갇히는 게 시간뿐이랴
야생의 기억마저도 사실이었는지 아련한
야성의 회복은
죽음이 될지 모른다
길들여진 야성만이 생존하는

시계 속의 시간들이
차라리 얼마나 평화로운가
야생의 시간을 들추지 말라

암수 모두가

자신의 성에 항거해야 하는

도시의 밤거리마다

질서에 투항한 야성들이

색색 불빛으로 야성을 번뜩이고 있다

거세의 대가로 얻은

성스러운 안식의 제단에서

금단의 열매처럼

다시 돌아가지 않는 달콤한 야생

아, 야생의 시간이여.

다시 떠나는 푸른 숲

　나무들의 푸른 숲, 한 그루씩 심어 작은 숲이 되었다. 그 숲에서 안식하였지만, 세상에는 아주 오랫동안 머물 수 있는 곳은 없다. 삶이란 하나의 여행이므로, 어제의 나를 떠나 내일로 가는 길.

　세상의 여행길에서 만나는 인연들은 사람들만이 아니다. 자연, 색다른 음식, 다른 문화, 역사, 사상, 한권의 책, 한 편의 영화, 감정들, 낯선 모든 것들과 익숙해지는 것들…
　여행길 만나는 인연들과 서로 용기와 행복의 이유, 그리고 해답이 되어 가면 참 좋겠다.

　몸이야 마음 내킨다고 훌쩍 떠날 수야 없지만, 마음이야 어디인들 가지 못하랴. 잠시 멈추어 섰던 길, 성큼성큼 먼저 나서는 마음 따라 내일의 숲을 향해 다시 떠난다.

충성대의 5월

유난히 푸른
스물세 살 충성대의 가슴을 본다
영광과 풍상風霜의 흔적들을 살갗에 새기고도
꾹 다문 웅변雄辯으로 소리쳐 온
스무여 해의 역사

진실이라고 말하지 않아도 이미 진실인
사랑이라 말하지 않아도
사랑을 감출 수 없는
5월의 햇살이 한 아름 가슴에 내린다

이제 우리는
기쁨과 슬픔, 사랑과 고난을
속살깊이 감싸 안은
비둘기 한 마리 날리네
기쁨과 사랑이 네게 날아가
꽃향기로 흩날리고
슬픔과 고난은

용기와 지혜의 이름으로 네 눈을 뜨게 하리

비둘기 날갯짓마다
세인世人들은 말하리라
깊은 숨 몰아 시간을 일깨우고
먼 고개 들어 지평地平을 갈아
붓끝에 모은 우리의 기도를

젊은 충성대
5월의 하늘과 함께

－「충성대학보」 창간 축시, 1991. 5

작 품 해 설

박유진의 『나무들의 숲』

무와 문으로 쌓아올린 두 개의 탑

1. 들어가며

시인 박유진은 작가이기 이전에 군인이다. 일찍이 육군사관학교를 나와 27년이란 기나긴 세월을 한결 같이 육군3사관학교에서 장교들을 길러내며 국가와 민족을 위해 헌신해온 무인이다. 하여, 규율과 질서를 중시하는 군대사회의 특성상 자칫 정서가 메마르기 십상일 터이다. 더구나 생도들에게 경영학이라는 딱딱한 학문을 가르치는 교수로서 얼핏 문학과는 거리가 멀어 보인다.

그러다 보니, 그런 무인이, 그런 경영학도가 처음 산문·시 문집을 낸다고 했을 때 적잖이 의아하게 생각했다. 한데 그럴 게 아니었다. 막상 작품 한 편 한 편을 들여다보았을 때 그러한 판단이 얼마나 잘못된 선입견이었는지 깨달았다. 사물에 대한 깊은 사유와 관조, 생에의 통찰을 바탕에 깔고 높은 서정성을 밑절미로 한 것들이어서 놀라움을 금치 못하게 한다.

물론 군인이라고 하여 문학과 거리가 멀어야 한다는 법은 없다. 헤아려 보면 우리는 역사 속에서 문학과 함께 살다 간

인물들을 얼마든지 만날 수 있다. 『난중일기』를 쓴 충무공 이순신 장군이 그렇고, 수많은 가사 작품을 남긴 노계 박인로 선생이 또한 그렇다.

문文은 없고 무武만 있어서는 용장은 될 수 있을지언정 지장이나 덕장은 되기 어렵다. 무모한 용기가 들어 판단력을 그르칠 수도 있다. 불국사의 다보탑과 석가탑 가운데 어느 한 쪽이 없다고 가정해 보라. 그것은 편부모 가정처럼 불안스럽다. 두 개가 나란히 있음으로써 안정감을 주고 균형의 미감을 느끼게 한다. 이렇게 둘은 어우러질 때 오히려 시너지효과를 낸다. 그런 의미에서 박 시인이야말로 문무를 겸비한 참 군인이라고 할 수 있겠다. 이 점이 박 시인의 작품집을 주목하게 되는 이유가 된다.

2. 새로운 형식

요사이 들어 퓨전 형식이 하나의 트렌드를 형성하며 주목받고 있다. 박 시인의 이번 작품집 『나무들의 숲』은 산문과 시를 결합한 실험적 형식으로서 퓨전 양식을 새롭게 해석한 경우라고 하겠다. 이는 시인 자신이 서문에서 밝혀 두었듯이, 사물을 새롭게 보고 새롭게 해석하고자 하는 발견에서 나온다. 한 편의 산문에 한 편의 시가 곁들여진 독특한 구조가 독자들의 호기심을 불러일으키기에 충분해 보인다. 무인이면서 문인의 길을 걸어가듯이, 산문과 시가 어우러짐으로

써 두 장르가 서로 상생하여 더욱 탄탄한 의미로 다가온다.

시인들 사이에서 요즘 시가 읽히지 않는 세상이라는 개탄의 목소리가 높다. 하지만 그러한 개탄을 하기에 앞서 시인 자신들이 과연 독자들의 가슴에 다가가려는 노력을 얼마만큼 기울였는가, 스스로 돌아볼 필요가 있지 않을까.

박유진 시인은 이러한 우려로부터 비교적 자유로울 수 있을 것 같다. 여기에 단단히 한몫을 하는 것이 시와 곁들여 실려 있는 산문이 아닌가 한다. 산문을 보면서 시를 더욱 맛깔스럽게 음미할 수 있고, 시를 읽으면서 산문을 보다 재미있게 감상할 수 있기 때문이다. 이 점이 박유진의『나무들의 숲』이 가지는 매력이라고 하겠다.

3. 사유의 깊이

박유진 시인은 사유하는 작가이다. 그의 사유는 주로 비유에 의존하고 있다. 이러한 비유를 통해 인생의 궁극적 의미를 읽어내려 하고, 독자들을 자연스럽게 사색의 뜰로 인도한다.

다시 시작되는 30년은 새로운 감각의 인생이 될 수 있을 것이다. 전반의 추수를 하고 나면 결실을 거두고 낙엽들을 거름 삼아 새로운 사계의 하루씩을 작은 인생처럼 채워 갈 수 있으리.

구슬이 서 말이라도 꿰어야 보배라고 했다. 목걸이가 인생이라
면 구슬은 하루하루이다. 어떤 목걸이를 만들 것인지 그림을
그려 가면서 인생의 어느 시기에 있든 구슬같이 하루하루를 살
아야 한다는 생각이 점점 더 드는 것이다
　－「하루는 작은 인생」중에서

그렇다. 누구에게나 하루하루가 모여 마침내 한살이가 되
는 것이 우리네 인생이다. 박유진 시인은 그것을 구슬과 목
걸이의 관계에 빗대어 놓았다. 참으로 적절한 비유라 아니
할 수 없다.

이러한 비유는 표제작인『나무들의 숲』에서도 거의 같은
맥락으로 나타나고 있다.

홀로 설 수 없어서 함께 서는 것보다 홀로 설 수 있는 사
람들이 함께 설 때 조직과 개인은 모두 더욱 건강해지는 것
이다. 자생의 개체들의 생명력이 융합되어 이루는 숲! 그러
면서도 홀로 서기 어려운 나무들도 보듬고 안아주는 숲, 그
러한 숲이 나의 이상향이 되었다.

이 점은 또 이어지는 시 작품에서도 그대로 드러난다.

내가 할 수 있는 일은 / 우리 하루마다 부르는 / 노래의 날개
위에 / 그저 꽃 한 송이 얹는 일 // 내가 할 수 있는 일은 / 꽃 한
송이 가슴에 달고/노래 부르는 그대의 음계마다 / 가만히 기대
어 보는 일
　－「우리 기쁜 날들」중에서

이러한 몇 작품들에서만 보더라도 그가 평소 얼마나 많은 사유를 하는 작가인가를 미루어 짐작할 수 있을 것이다.

4. 세상에 대한 연민과 사랑 그리고 긍정

박유진 시인은 세상을 따뜻하고 긍정적인 눈으로 바라볼 줄 아는 작가이다. 편 편마다 묻어나는 생에 대한 사랑과, 대상을 향한 존중, 그리고 연민의 태도가 그가 어떤 인품의 소유자인지를 넉넉히 짐작케 해 준다.

> 우리는 아름답고 화려한 것을 좋아하면서도 그늘에서 묵묵히 뒷바라지한 사람들의 공을 제대로 살피지 않을 때가 있다. 당신의 몸 돌보지 않으시던 우리들의 어머니, 동료들의 따뜻한 아침밥을 위해 새벽잠을 지우던 취사병들, 흥청거리는 송년에도 삭풍의 전선을 지키는 장병들, 〈중략〉 스텝과 조연 없이 주연이 있을 수 없듯이 뿌리 없이 꽃은 피어날 수 없는 것이다.
> ─「꽃을 보며 뿌리를 생각한다」 중에서

그는 우리가 우리의 오늘이 있기까지, 그리고 나와 인연 맺은 수없이 많은 존재들의 도움 덕분이었음을 생각하며 고마운 마음을 갖는다. 희생과 헌신 위에서 오늘의 내가 존재하는 것임을 깨닫는다. 이것은 그가 품 넉넉한 심성을 지녔음을 은연중에 드러내 준다.

그는 화려하고 힘 있는 존재보다는 고단하게 살아가는 이웃들에게 눈높이를 맞추길 좋아한다. 이것은 그의 휴머니스트적인 삶의 철학에서 연유한다.

> 바다는 사람들의 삶을 기약하지 않았다. 아니 기약할 수가 없었다. 그들은 저축하지 않았다. 저축은 내일을 기약할 수 있는 사람들이 하는 일이므로.
> 오늘 내가 생환할 수 있을까. 크지도 않은 배에 기상장비도 변변히 없던 시절, 출항하여 태풍을 만나면 죽음으로 이어질 때도 많았다. 항구에 다 다다라서도 풍랑에 뒤집히는 배를 바라보아야 하는 가족들의 망연함이란!
> -「선창가 대폿집」중에서
>
> 바다와 마주하면 삶과 죽음이/겨우 한 뼘/순간임을 본능으로 터득한/어부들은 미래를 기약하지 않는다/바다에 나서면/누구도 귀항을 약속할 수 없으므로
> -「동녘 포구」중에서

시구들에서도 시인의 어린 시절 바닷가에 살았던 기억들을 엿볼 수 있다. 거기서 생사를 넘나드는 어부들의 고단한 삶을 지켜보며 인간적인 연민의 마음을 갖게 되었으리라. 그러한 안쓰러움이 산문과 시에 고스란히 나타나 있다.

5. 추억이 있어 여유로운 인생

27여 년간 수천 명의 졸업생을 떠나보냈지만 몇 년이 더 흐르면 내가 떠나게 될 것이다. 떠나는 졸업생들에게 당부하던 인생을 나는 살아온 것인가. 떠난 후의 나의 모습이 그들에게 당부하던 모습으로 남을 것인가. 〈중략〉

나는 아이들이 군가와 훈련 함성을 들으며 아름다운 캠퍼스에서 뛰어놀며 자란 것, 이곳 시골의 고경면 단포초등학교에 다닌 것을 감사하게 여긴다. 녀석들의 연둣빛 어린 추억도 그랬으면 좋겠다.

－「충성대」 중에서

박유진 시인은 자신이 몸담고 있는 직장을 이렇게 회고하면서 자신의 오늘을 돌아본다. 그 시간들은 아름답고 행복했던 기억으로 뇌리 가운데 착색되어 있다. 그리고 부끄럽지 않은 삶이기를 소망한다.

다음의 작품에서 추억은 보다 아름답게 채색되어 나타난다.

세월의 자락에 묻어 온 전설이란 늘/그대의 숨결 닿는 곳에서 푸드덕/싱싱하게 피어나는 것이므로/따사롭던 어린 시절 봄볕 처마 밑을/힐끔힐끔 추억하며/손마디 굵어 간 어머니 같은/유랑의 세월

－「유월의 천수봉에서」 '1. 추억하는 아침' 중에서

박유진 시인은 일상에서 흘러가는 작은 것들도 놓치지 않고 보듬을 줄 아는 작가임에 틀림이 없어 보인다. 추억이 없는 사람은 예금통장에 잔고가 남아 있지 않은 경우나 마찬가지다. 그런 삶은 그만큼 황폐하다. 그렇게 본다면 아름다운 추억을 많이 간직한 박유진 시인은 마음의 부자라고 할 수 있겠다.

6. 나가며

지금까지 군인이면서 시인의 삶을 살아가고 있는 박유진의 산문·시 문집『나무들의 숲』에 대해 수박 겉 핥기 식으로 살펴보았다. 모두에서도 밝혔듯이 박유진 시인은 끊임없이 새롭고 참신한 것을 추구하려는 작가이다. 그리고 웅심한 사유를 통해 생의 의미를 붙들려고 몸부림치는 열정을 지닌 문인이다. 이런 점이 그의 창작 활동에 믿음성을 갖게 한다. 앞으로 더욱 창의적이고 실험적인 작품집이 계속 나오리라 믿어 의심치 않는다. 이 군인 시인에게 거는 기대가 자못 크다.